KB065317

황색예수

문학과지성사에서 펴낸 김정환의 시집

해가 뜨다(2000)

문학과지성 시인선 R 14

황색예수

펴 낸 날 2018년 3월 5일

지 은 이 김정환
펴 낸 이 이광호
펴 낸 곳 ㈜문학과지성사

등록번호 제1993-000098호
주   소 121-894 서울 마포구 잔다리로7길 18(서교동 377-20)
전   화 02)338-7224
팩   스 02)323-4180(편집) 02)338-7221(영업)
전자우편 moonji@moonji.com
홈페이지 www.moonji.com

© 김정환, 2018. Printed in Seoul, Korea

ISBN 978-89-320-3083-8 (03810)

이 도서의 국립중앙도서관 출판예정도서목록(CIP)은 서지정보유통지원시스템 홈페이지
(http://seoji.nl.go.kr)와 국가자료공동목록시스템(http://www.nl.go.kr/kolisnet)에서
이용하실 수 있습니다. (CIP제어번호: CIP2018006493)

문학과지성 시인선 R 14

황색예수

김정환

신판 시인의 말

이 책을 있게 한 모든 '분들과 것들'에 감사.

2018년 3월
김정환

황색예수

차례

제2부 행전(行傳)

제3부 부활

황색예수2 ─ 공동체, 그리고 노래

구판 시인의 말 117

제1부 공동체

황색예수3 — 예언, 그리고 아름다움을 위하여

일러두기

* 이 책은 『황색예수── 탄생과 죽음과 부활』(1983), 『황색예수 2── 공동체, 그리고 노래』(1984), 『황색예수 3── 예언, 그리고 아름다움을 위하여』(1986)을 한데 모은 복간본이다. 텍스트는 다른 시집에 중복 수록된 시들을 덜어낸 『김정환 시집 1980~1999』를 참고하여 복원하였고, 저자 및 편집부의 교정을 통해 일부 표현이 현대어 표기로 수정되었다.

황색예수 1

탄생과 죽음과 부활

이론의 여지가 있겠지만, 내가 보기에, 서양에서 우리나라로 전파되어 어느 정도 토착화 과정을 거친 기독교 혹은 천주교는 한반도 전역을 덮친 거대한 그물이다. 그 그물 밖으로 물러나서 그 존재 자체까지 무시할 수도 있겠지만 이 시대를 버팅겨가고 있는 우리로서는 그 거대한 그물의 거대한 덮침의 정체와 자체 위험성과 미래를 위한 잠재적 가능성에 대해 끝없이 직시하고 모색하기를 게을리해서는 안 된다. 이 글은 그런 질문과 질타와, 끝없는 가능성 모색의 자그마한 결과이다.

우리도 이미 그 일원이 되어 있는 제3세계 약소민족들의 민중운동에 기여하기 위해서 종교는 자신의 그물이 현재 우리를 옭아매고 있는 상태라는 점을 스스로 반성해야 한다. 그리고 그 그물이, 강한 자의 사재도구로 전락한, 힘없고 가난하고 약한 자를 희롱하는 몇 푼짜리 선심과 환상놀음이 아니라, 바람직한 미래를 향해 함께 나아가고 있는 대다수 민중들의 고통받는 공동체를 위한 '버팀대'로서 그물이 되어야만 종교는 이 시대 이 나라에서 존재 이유를 부여받을 수 있다는 사실을 절감해야 한다.

이 글은 우상화된 예수, 우상화된 개인적 고통에 대한 고발이며, 잘못된 성(聖) – 속(俗)의 이분법적 개념 규정에 대한 수정작업이며, 현세기복적 재벌 종교의 반민중성, 미래 지향적 구원 종교의 관제적 반역사성에 대한 규탄이다. 그리고 가난한 민중들의 공동체 속에서, 쫓겨난 오늘의 예수를 확인하고, 이루어지지 않은 미래의 어렴풋한 모형을 찾으려는 '의미 찾기'이다. 그것은 성서에 나타난 탄생, 사랑, 부활, 구원의 진정한 의미를 찾는 작업과 무관하지 않으리라 믿는다. 도움말 주신 박태순 선생님, 그리고 어려운 일 함께 해나가시는 박병서 사장님께 고마운 마음 이루 다 표현할 수 없다.

1983년 정초에
김정환

서시

그대는 살과 뼈와 피비린 인간의 모습.

인간됨의 가장 비참한 모습.

사람들은 믿지 않는다

그대는 하늘 그냥 늘 푸른 하늘일 뿐

그대 못 박힌 손발의 상처에

갈수록 아픔이 생생한 살이 돋는 사랑을

사람들은 믿지 않는다.

그대도 어쩔 수 없다, 사랑의 힘은 그대를 다시 태어나게

하고

우리가 그대의 사랑을 확인할 때

(그것은 항상 너무 늦었을 때)

그대가 확인하는 것은 우리의 돌아선 뒷모습.

그것은 그대의 위대한 슬픔

그대는 슬픔의 시공을 초월하여 있으나

처절한 비참 속에 더욱 처절하게 있어

6·25전쟁이나

죽창, 도끼, 학살, 참상의 끝.

세상이 그대를 버릴지라도

그대는 어쩔 수 없다 버리지 못하고
그대의 가슴은 그대를 버림까지 품고 있으니
그대의 거대한 포옹 속에서
그대를 버린 사람들은 가시처럼 그대를 찌른다
그대 육신의 가슴을 찢어져라 찌른다
그러나 그대는 바로 찢어질 수 없는
깜깜한 사랑의 힘
그 자체.
언젠가 손끝, 발끝, 황홀한 마주침같이
입맞춤같이, 아주 가까운 귓전의 입김 소리같이

제1부 성년식(成年式)

세례 요한의 말

광야에서 외치는 이의 소리가 들린다. "너희는 주의 길을 닦고 그의 길을
고르게 하여라."

_ 마 1장 3절

나는 죽음으로
이 세상의 추악함을 증거하였다
이 세상의 아름다움도 증거하였다
아아 두 동강 난 조국의 아픔
나의 죽음 연후에야 너희들은
놀라 주위를 돌아보았다 그리고
너희들은 둘로 확연하게 갈라졌다
설움 짓누르며 하늘나라를 준비했고
시시덕거리며 지옥나라
아직도 나는 어느 외로운 쇠창살 감옥살이나
뙤약볕, 발바닥이 뜨거운 공사판에서
삶의 어려움을 증거하고 있으나
눈을 감은 사람들은 아직도 눈시울이 뜨겁고

눈뜬 사람들만이 죽어서
살아 있다 죽음으로 내가 증명한 것은
나의 사랑과 너희들의 불의와 거짓과
상처투성이의 삶.
그리고 아직도 이렇게 텅 빈 손으로
내가 너희들을 구하고 있음.
나는 아직도 아아 사랑은 너무 외롭구나며
거칠고 황량한 빈 들의
외치는 소리로 남아 있다

탄생의 서

나는 이천 년 전 베들레헴의 더러운
말 구유간에서 태어났으나
지금도 그대의 비참한 슬픔을 위하여
가난한 시골집에서도 태어납니다
나는 사랑을 위해 그대 생애 속으로 들어왔으나
좀더 큰 사랑을 위하여
그대 생애의 순간 속에서
태어나고 괴롬받고 또 부활합니다
나는 사랑을 위하여 역사를 택했으나
다시 사랑을 위하여
당신의 생애를 택합니다
이것은 그대 절망의 찰나가 그지없이 길다는 뜻도 되지만
사랑이라는 말을 완성하기 위해서

당신 온 생애의 수없는 부활이 필요하다는 뜻도 됩니다
그대의 역사는 지금 내 눈앞에서
반바퀴도 채 못 돌고 있지만
그러나 나는 불변은 아닙니다
변치 않는 것은 모든 것은 변한다는 사실뿐
내가 불변이라고 해도 그대는 변하고 있으므로
그대는 그대의 변함으로
나의 변치 않음을 증거해야 할 것입니다
나는 지금도 어느 여관방에서 애비 없는 자식으로 태어나고
지금도 그대 오만의 죄 속에서
그대와 함께 죽어갑니다
나의 탄생과 죽음과 부활이 역사는 아니나
내가 사랑하는 당신들의 역사를 위해서
끊임없이 저질러지고 또 구제받아야 되는
어떤 찰나의 참상인 것입니다
그건 당신의 혁명을 위해서
그건 당신의 인간됨을 위해서
배반을 위해서, 부활을 위해서

마침내 그대와 내가 동시에 필요한
사랑의 완성을 위해서

어머님에게

그때 하늘에서 "너는 내 사랑하는 아들, 내 마음에 드는 아들이다" 하는
소리가 들려왔다.

_마 1장 11절

"누가 내 어머니이며……?"

_마 3장 34절

어느 날
그 억센 가난의 힘에 못 이겨
몸을 허락하신 어머니
어머니, 어머니를 성스럽게 하기 위해서
어머니의 순결을 위해서
사람들은 어머니의 껍질을 벗깁니다
하이얀 알몸이 나타날 때까지
갈비뼈가 드러날 때까지 벗깁니다
입혀드릴게요 어머니 제가 그 땀 절은 옷으로
그 동학혁명 아낙네의 찢어진 옷으로

그 아기를 안은 시골 아낙네의 젖비린내 묻은 옷으로
어머니
가난하고 억센 힘에 눌려
허락하시고 나를 낳으신 어머니
어머니 그러나 이제 내가 죽는 것은
어머니의 곁을 떠나
어머니의 가난으로
다시 태어나기 위해서입니다
가장 가난한 것이 가장 힘일 수 있는
세상을 위하여 저는 태어납니다
견딜 수 없이 힘센 것이 나타나기 위하여
참을 수 없이 벅찬 것이 나타나기 위하여
어머니 저는 어머니 곁의 숱한 눈물로
자꾸자꾸 태어납니다

머언 길을 간다. 앓는 자, 유괴당한 혼백을 네가 찾느냐
발톱까지 잃어버린 건 사랑일 뿐, 그리고 헤매임일까, 설렘이었을까
아직 스스로 응시하는 불안의 해골, 거품처럼 부서져 내리는

나의 살, 덩어리, 비린 살로는 영영 못 간다는

피안(彼岸)의 가느단 줄 위를 세며 내가 간다

사랑은 필경 뿌리, 피고름 묻어나는 만큼의 모진 목숨일 뿐

태풍주의보

그제야 생각이 나서 친척들과 친지들 가운데서 찾아보았으나 보이지 않

으므로 줄곧 찾아 헤매면서 예루살렘까지 되돌아갔다.

_루 2장 44, 45절

바람이 분다 숱한 사연의 거리에

바람은 내가 이렇게 갈 곳 없이

그냥 이렇게 기다리고만 서 있어도

불어올까

바람은 내 마지막 남은 우산살마저 꺾고

빗속에 내논 외투를 마구 흔든다.

바람은 내 몸집이 들어갈 만큼 큰 빈자리를 만들어

나는 그 빈자리에 휩싸여 뿌리채 뽑힌다

내가 바람에 날아가도

바람은 계속 불어올까

불어올까, 바람은 집채만 한 파도를 몰고 와

내가 아직 연연해하는 것들을 쓰러뜨리는데

그것은 낯익은 간판, 잘 들리던 다방, 술집 여종업원 따위

나도 쓰러질 듯, 몸을 가누고
내가 이렇게 그냥 쓰러져 맨살을 빗속에 내놓고 나뒹굴어도
바람은 계속 불어올까
바람이 분다 숱한 사연의 거리에
바람은 내가 이렇게 갈 곳도 없이
그냥 이렇게 아무 말 없이
기다리고만 서 있어도
불어올까

바람의 발톱

그러자 예수는 "왜 나를 찾으셨습니까? 나는 내 아버지 집에 있어야 할 줄을 모르셨습니까?" 하고 대답하였다.

_루 2장 49, 50절

소경의 손을 잡고 마을 밖으로 데리고 나가서 그의 두 눈에 침을 바르고 손을 얹으신 다음 "무엇이 좀 보이느냐?" 하고 물으셨다. 그러자 그는 눈을 뜨면서 "나무 같은 것이 보이는데 걸어 다니는 걸 보니 아마 사람들인가 봅니다" 하고 대답하였다.

_마 8장 23, 24절

요샌 보인다.
움직이는 바람의 소리가
들린다. 나는 앓고 있다. 내 짤리운 발가락들이 공중에 둥둥 떠다니는 게
보이지 저 산꼭대기에 아직 남아 있는 신음 소리가 들리지. 그래 앓고 있는 건
너뿐이 아냐. 내 발가락 새에서 샘솟는 피가, 너를 감싸주

는 그 비린 내음이

시원하지 않니? 일어나라 일어나

앓고 있는 건 나뿐이 아냐. 나도 알겠어, 이젠.

우리를 만나게 하는 것은 아픔뿐인 것을

우리를 일어서게 하는 것은 아픔뿐인 것을

우리를 앞서 걷게 하는 것은 아픔뿐인 것을

요샌 보인다.

움직이는 바람의 터진 발톱 끝이

조금씩.

목숨의 바다

"도대체 이 분이 누구인데 바람과 바다까지 복종할까?"

_마 4장 41절

먼 데서
아주 먼 데서부터 바다가 뒤척이며
뜨거운 사랑의 체온으로 비가 내린다

출렁이며 내논
가슴째 밀려온 파도의 부서짐
그 깊은 속, 하고많은 우뭇가사리들의 사연 불사름 같은
질긴 목덜미 만의 하얀 흐들먹임이
젖은 등을 뜨겁게 두드렸을까

온다 먼 데서, 아주 먼 데서부터
반역의 귀를 짤린 피 묻은 바람이 몹시 일고
상처투성이 바다가 울컥이는 내장을 마구 배앝아낸다
기다림의 바다, 아아 타는 목숨의 바다

바다 그 뭇매질에 터진 어깻죽지 위를
먼 데서 아주 먼 데서부터 새벽잠 못 이루며
뜨거운 껴안음의 몸살로 비가 내린다

밀물

예수께서 일어나 바람을 꾸짖으시며 바다를 향하여 "고요하고 잠잠해져라!" 하고 호령하시자 바람은 그치고 바다는 아주 잔잔해졌다.

_마 4장 39절

밀려도 밀려 들어와도
종일, 내 키를 넘지 못하는 파도
가슴에도 못 차고
그러나 가슴은 벅차고
바다여 너도 종일을 이렇게 내 하찮은 사랑 뇌쇄시키는
폭력으로 물밀듯 쳐들어와도
왜 우리들 철썩거림의 경계는 이리도 확연
하냐. 까무라치지 못하냐.
너는 거대한 바다인 채로, 나는 한 마리 가여운 짐승인 채로
우리의 사랑도
출렁거리냐, 아아 투신도 못 하게
넘실거려, 가까이 왔으면
우리의 만남도 손끝이 발끝이 닿을 수 있도록

마찰할 수 있도록

조금만 더

밀려왔으면

썰물

"왜 그렇게 겁이 많으냐? 아직도 믿음이 없느냐?"

_마 4장 40절

바다는
소금기 끈적끈적한 사랑이나마
단 한 발짝, 더 용서하기 위해서
가도 가도 끝없는, 광활한 욕망을
우리 앞에 펼쳐 보인다
부끄럽게 눈이 부시게
돌아가는 것은 언제나 우리가
두려워서 돌아갈 뿐이다
흙 묻은 발로 그냥 그대로
달아날 뿐이다

혹한을 기다리며

그 뒤에 곧 성령이 예수를 광야로 내보내셨다. 예수께서는 사십 일 동안
그곳에 계시면서 사탄에게 유혹을 받으셨다.

_마 1장 12, 13절

그때쯤이면 내 마음도 곤두선 몸짓도
헐벗겠네
헐벗겠네 대지여 내 성냄의 뿌리
내 한낱, 초조한 발자욱의 의미조차 받아들일 수 없는
얼어버려 닫혀버린 너의 알몸, 흐느껴 갈라지지도 못하고
대지여 너의 얼음 백인 사랑 위에 젖가슴 위에
대지여 너의 귀 터진 나뭇가지 피울음 위에
헐벗겠네 뜨거운 사랑도 모진 목소리도
대지여 3도 동상 고름 질질 흐르는 짤리운 내 발가락의
안타까움으로도 움켜잡을 수 없을 땅
너의 거대한 쓰러짐 위에
너의 거대한 헐벗음의 사랑 위에
너의 차디찬 분노 위에서

헐벗겠네 내 사랑도 아주 작은 사랑의 찌꺼기로

그러나 헐벗음으로 다시 일어나

대지여 너는 나의 여자, 나의 업적, 나의 추위, 나의 패배

그러나 훌훌 벗고 맨몸으로 다시 일어나

선 채로 얼싸안고 부둥켜안고서

그때쯤이면 내 마음도 곤두선 몸짓도

헐벗겠네 아아

헐벗을 수 있겠네

고통의 우상화에 대해서

"나 때문에 모욕을 당하고 박해를 받으며 터무니없는 말로 갖은 비난을
다 받게 되면 너희는 행복하다. 기뻐하고 즐거워하여라."

_마태 5장 11, 12절

그대는 매일매일 나의 고통을 눈여겨 들여다보고
나만 들여다보고 있으면
나의 고통은 어느새 당신의 우상이 됩니다
태초부터 나는 당신의 곁에서
아주 친근한 시대의 아픔으로
항상 당신의 아픔이 되려고 합니다
그러나 그대는 나의 고통의 우상화 속으로 들어가버리고
당신이 있던 자리에는 내가 있고
내가 있던 자리에는 당신이 있습니다
그래서 우리는 멀리 떨어져 있습니다
그대는 나만을 곰곰이 생각하다가
나의 사랑을 우상화하고
나의 살과 눈물을 우상화합니다

그래서 나는 그대에게서 먼 곳으로 쫓겨나 있습니다

고통은 소우주가 아닙니다

고통은 곳곳에 널려져 있습니다

나의 고통의 소우주 속에서

당신은 매일매일 옷을 찢으며

나의 죽음을 뼈저리게 흐느끼고 있겠으나

나는 당신의 우상화 속을 나와

신음하며 도처를 떠돌아다닙니다

나를 찾으려거든

그대는 나의 고통으로 인하여 세계를 고통으로

파악하지 마시오

오히려 세계의 고통, 그대의 주변 약한 자들의 비명 소리 속에서

흩어진 나의 시신을 발견하시오

그러면 나는 바로 그때

당신 일상의 울음소리로

통곡하며 있을 것입니다

사랑에 대해서

"너희는 세상의 소금이다. 만일 소금이 짠맛을 잃으면 무엇으로 다시 짜

게 만들겠느냐?"

_마태 5장 13절

나는 운동입니다
밭밑이 깜깜토록 아무것도 안 보일 때까지
달리는 바퀴, 아스팔트의
질주입니다
너무 빨라
숨이 막혀, 먼 데를 바라보면
옷 벗은 나무가 지나갑니다
민대가리 산이 지나갑니다
나에게 가까우면 가까울수록
그대는 무섭고 두려워
숨 가빠, 그러나 내가 멈추면
큰일납니다 그대는 호흡이 가빠 오르고
그러나 사랑이 멈추면 큰일납니다

나의 매정한 운동 중에 한 방울 빛 반짝이는

불쌍히 여김의 눈물을

잊지 마시오 부디

물질을 물질이게 하는 것

그대들을 그대들이게 하는 것

나는 운동입니다

나에게 가까우면 가까울수록

그대는 헉헉거립니다

그러나 아주 가까이 오시오

좀더 가까이 오시오

내곁에 아주아주 가까이 있으면

나는 그대의 속력이 됩니다

때로는 너무 무거운

그러나 내가 멈추면 큰일납니다

내가 멈추면 사랑이 멈추면

그대는 그대가 아닙니다

해체됩니다

사랑으로서의 지진에 대하여

"이런 재난은 하느님께서 세상을 창조하신 때부터 지금까지 없었고
또 앞으로도 다시 없을 것이다. 주께서 그 고생의 기간을 줄여주시
지 않는다면 살아남을 사람은 하나도 없다……"

_마 13장 19, 20절

눈여겨보면, 흔들리는 것은
저 혼자 떠는 내 비인 주먹뿐만 아니라
도시 계획 불도저에 밀리는 흙벽, 신설등 다리 밑
천막 사는 마음서부터
하늘로 흡수된 고층 건물의 맨 끝, 민방위 훈련을 하는
날지 못한 어떤 표정의 소시민스런 웃음까지
아스라이 흔들리고 있구나

고막의 꿰맨 상처를 찢고 들어도
터지는 핏방울 속에 동요하는 것은
숨죽여 흐느끼는 내 어깻죽지뿐 아니라
낯익은 거리엔 더 큰 아픔의 그림자들이

누구인지도 모르고 판치고 있구나
울부짖고 있구나
지진이여 지진이여 우리 바라는 것은
패전 일본의 동경을 뉴우요오크와 닮게 만든
너의 얄팍한 보수적 파괴 근성이 아니라
다만 너의 그 거대한 갈라짐의 인간적인 한(恨)
거대한 삼켜버림의 사랑의 위협 속에서
부디 살아 있는 자만이라도 아픔의 생생한 상처를 찾게 해
달라
떠도는 아픔의 주소를 찾게 해달라
단 한 번, 절망의 끝, 그 까마득한 지구의 애간장 속에서
흔들리며, 좀더 엄청나게 흔들리면서
남은 것은 엉겨붙은 사랑뿐일지니
사랑의 아귀다툼이여

제2부 행전(行傳)

내가 사랑에 대하여 이야기하려고 하는 것은

사랑은

전쟁처럼 온다는 것이다

우리가 절망에 대하여 이야기하는 것은

절망이 전쟁을 몰아오고

전쟁은 곧

사랑이기 때문이다

"내가 세상에 평화를 주러 온 줄로 생각하지 말아라. 평화가 아니라 칼을

주러 왔다……"

_마태 10장 34절

사두개인들의 부활에 관한 질문에 답함

"칠 형제가 다 그 여자를 아내로 삼았으니 부활 때에 그들이 다시 살아나면 그 여자는 누구의 아내가 되겠습니까?"

_마 12장 23절

우리가 총이나 칼이나 아니면

울화로 죽고 나서 다시 만날 때

우리는 그 치열한 함성으로 다시 살아나리니

전라도에서 경상도에서

너희는 너희 생애 중의 어떤 형태로 다시 살아나는가 묻고

있으나

그리운 것들만 산산이 부서진 조각들로 다시 살아나

네 앞에 찬란한 살과 뼈로서 나타나게 되리라

아름다움은 가장 아름다웠던 그때 그 순간

서울에서나 이름 없는 베들레헴의 한 시골집에서나

너희 생애의 가장 찬란했던 순간

죽어도 못 잊을 순간은 너희의 눈과 코 앞에서

다시 한번 너희들의 상처로 나타나리라

눈을 감아도 눈시울을 적시는 뜨거운 눈물 속에서
아무도 빼앗지 못할 너희들만의 것은 드러난다
사랑이므로 그리움이므로
그것은 코흘리개 시절의 엄마, 차마 감기지 않는 두 눈을
감으시며
네 두 손을 마지막 남은 호흡처럼 거머쥐던
백발이 성성한 어머니, 어머니
어릴 적, 고만고만하게 커 보였던 초등학교 운동장이나
산동네 굽이굽이 골목길 패싸움
진실로 너희가 가슴속에 차곡차곡 쌓아놓고 다니는
지나간 나이와 얼굴과 낯익은 장소, 낯익은 말씨
그리움이 숨겨져 있는 모든 가슴들은 살아나
전봉준이도 춘향이도 유관순이도
한 사람의 각자는 그리워하던 모든 것을 보게 되고
그리움의 각자는 제각기 그리워하던 것들을
보게 될 것이다
나는 너희들에게 나자렛예수로, 사람의 아들 예수로
다윗의 자손, 골고다 언덕, 그리고 엠마오의 예수로

이 모든 것으로 너희들의 그리움 속에서 부활하리니
너희도 너희의 찬란한 생애의 모습은 그리움의 가슴속에서
그것은 이승의 슬픔 속에서
분연히 살아나리라 함성 소리로 피울음 소리로
너희들은 사랑스러운 자식으로도 살아남고
님으로도 살아남고 용감한 싸움터의 병사로서도 살아남고
살아남은 사람들의 가슴을 갈가리 찢어놓던
너희들의 난자당한 시체로서도 살아남을 것이다
수천수만 개의 너희가 각기 그때의
생생한 살과 뼈와 피비린 냄새와 몸짓으로
살아나리라 아아 그때도
그리움은 여전히 상처이겠으나
사랑도 또한 상처이니라 사랑으로 살은 사람은
수천수억의 몸으로 살아남고 그렇지 못한 사람은
결국 한 개의 분자로도 살아남을 수 없는 자
그렇다 하면
사랑의 기억과 미움의 기억과는 어떤 차이가 있겠느냐
너희가 묻고 있으나

미움의 기억 속이 곧 지옥이니라 그렇다 하면
어머니만도 수천 개 사랑하는 여인도 수천수만 개의
나이와 얼굴과 주름살과 키와
가슴을 찢는 울부짖음으로 살아나서
그리고 그 수천수만의 각자마다에 너희가
너희의 모습과 키와 울부짖음으로 또한 수천수만 개씩 뇌
리에 사무쳐 있어
결국 우리는 수천수만수억 배의 모습으로 엇갈려
만나지 않겠느냐 그렇다 하면
너희는 그러면 인구가 지금보다 수천수만수억 배로 늘어
나서
(그리움은 모든 사람의 일상사이므로)
지금보다 세상이 숨 막히지 않겠느냐
발 디딜 땅이 어디 있겠느냐 너희는 또 묻고 있으나
그것은 다 인간사일 뿐
그리움이 많을수록 사랑함이 치열할수록
부활의 나라는 더욱 넓어지는 것이니라
그리움, 사랑, 이런 것들은 너희가 이 땅 위에서

가장 소중히 실천할 일이나
그것은 부활에 대한 예감일 뿐
이승의 차원과는 다른 것이니라
너희의 마음속에만 있고
너희의 그리움 속에만 있고, 슬픔 속에만 있고

몸통에서 분리된 모가지의 노래

소녀가 나가서 제 어미에게 "무엇을 청할까요?" 하고 의논하자 그 어미는 "세례자 요한의 머리를 달라고 하여라" 하고 시켰다. 그러자 소녀는 급히 왕에게 돌아와 "지금 곧 세례자 요한의 머리를 쟁반에 담아서 가져다주십시오" 하고 청하였다.

_마 6장 24, 25절

명동이나 뒷골목, 대한민국 어디서나
난 인파 속에서 항상 에너지를 느낀다

사람들은 나를 알아보지 못했고
난 그냥 이렇게 사는 법도 있으려니 했다
내가 분리되지 않았을 때

내가 분리되기 위한 그 삐그덕이던 나사의 회전
그건 터무니없는 강제였지만
이제 내 머리카락을 적셔 내리는 피가
성난 인파를 또 저렇게 적시는 것을

그리고 내 몸뚱어리가 내가 아니면서
그 속에 기꺼이 섞여지는 것을
보면서
나는 멀어졌지만
전보다 더 가까워졌다

죽여도 죽여도 몸통에서 분리된 모가지의 노래는
더욱 가깝고
몸뚱어리는 여전 몸뚱어리로 성난 인파 속에 남는다

못 박기

예수께서는 그 여자에게 "여인아. 네 믿음이 너를 살렸다. 병이 완전히
나았으니 안심하고 가거라."

_마 5장 34절

누군가 쓰러져버린 말 못 할 불행이
그녀의 새가슴을
찢고 있다
금이 가도록 살점이 튀도록
못을 박고 있다
그녀는 얼굴에 핏기가 싹 가신다
가슴이 철렁 내려앉는다
눈언저리 아직도 굳어지지 못한 근육이
파르르
떨린다
누군가의 말 못 할 비명 소리가
차마 돌이 되지 못한 그녀의 여린 가슴에서
살점을 도려내고 있다

먼 옛날 그녀 자신의 아픔의 기억은 그저 그뿐

이제는 잊어버린, 아주 낯익은 상처로

그녀의 슬하에 머물고

이젠 멀리 물러서서

누군가의 이름 없는 불행을

모든 알려지지 않은 슬픔을

그녀는 그녀의 야윈 새가슴 속으로

자꾸자꾸 한도 없이

받아들이고 있다

이젠 돌이킬 수 없는, 그녀 삶의 의미라는 듯이

그녀의 넘치는 새가슴을 산산조각 내려는 듯이

자갈치시장에서

"너희 중에 누구든지 죄 없는 사람이 먼저 저 여자를 돌로 쳐라."

_요 8장 7절

"다른 사람들은 더 넉넉한 데서 얼마씩 넣었지만 저 과부는 구차하면서
도 있는 것을 다 털어 넣었으니 생활비를 모두 바친 셈이다."

_마 12장 44절

이젠 아무것도 숨기지 않는다는 듯이
여인은 덥석 쥔 손으로 접시를 내놓는다
바윗덩어리 같은 눈물을 훔쳐 내리던 그 큰 손이
어느새 커다란 슬픔 뒤에 남는
어떤 비릿한 삶에의 위안처럼
이젠 아무것도 없이
다만 광어뼈 튀긴 거나 실컷
줄 수 있다고 한다
줄 수 있다고 한다

집 헐기

온갖 풍상
이만큼 점잖게 버텨온 것도
순전히 서릿발 서린 오기였다는 것을
나는 알겠다 꽃무늬 금 간 기와를 몇 장만 뜯어내도
햇볕에 해골처럼 드러나는
이조시대 삼베옷 입은 가난의 골격이여
오백 년 견뎌냄의 미학이여

차라리 썩어 문드러진 것은 쥐똥 거미줄
그래도 삶은 헛된 것이 아니라는
어떤 긍정적인 사랑의 추한 면임을
또한 그것의 어쩔 수 없음도
나는 알겠다 네가 망치를 합한 나의 몸무게에

휘청거리지 않아도 왕조는 바뀌고
걱정의 습기 마를 날 없던
흙벽이며 도배지며 언 땅이 두 쪽 나도
폭발하지 못한 장맛비

그러나 우린 이렇게 힘든 망치를 손에 쥐고 있지 않으냐

귓전에 남아 있는
모종의 기나긴 상식, 그 속창자까지
뙤약볕에 내동댕이치기 위해서
정말 한발 몸부림의 건축물로
일어서기 위해서

공사장에서

아직도 해머, 철근 콘크리트, 부삽에 돌 부딪는, 바윗덩어
리 부서져 튀는 소리
귓속에 들린다 공사판을 대충 끝내서
우리는 자갈 더미 위에 앉아 땀을 식히고
잠시만 쉬면
거대한 크레인 소리는 귓속에서 가만히 침몰해가고
훨씬 먼저부터 사라지기 시작한
어떤 관습처럼 면면한 소리가
자갈 더미 속에서 들린다 침몰 이후의 고요한 함성으로
불끈불끈 솟아오른 안면의 핏줄에
부벼보면 자갈의 아픔은 시원스럽고
우리 잠시 쉬는 도중에
시원한 감촉은 어느새 땀 식은 뉘우침같이
혹은 번득여대는 깨우침같이, 노여움같이
거대한 크레인 소리보다도 더욱 거대한 소리로
내 귓속, 안이한 고막도 터쳐버리고
모든 게 넘치고 흘러내리고
해머, 철근 콘크리트, 바윗덩어리 부서져 튀는 소리, 크레

인 소리

　들리지 않는다 아아 들리지 않는다

원효대교 공사장에서

믿을 수 없이 거대한 힘을 합하여
내 상식의 면전에서 너무 무겁게
망치는 내리친다 철근이 산더미처럼 쌓인 공사장
무수한 팔뚝에 핏줄, 불끈불끈 솟은 함성
콘크리트 덩어리가 숨 막힐 듯 높이 올라가 하나씩 둘씩
차례로
교각이 삽시간에 강물을 건너고
교각은 크레인 소리, 덜크덩 소리, 쇠와 쇠가 부딪는 소리
뿌리치고 강을 건너간다 서부이촌동
화물차는 고속도로를 접어들며 밤이나 낮이나
갑자기 속력을 내고

다리여 다리여 너의 그 거대한 힘의 역사로
우리가 과연 슬픔에
다리를 놓을 수 있겠느냐

여기는 원효로 강 건너는 여의도
가난과 사치가 만나게

견우와 직녀가 만나게
슬픔과 슬픔이 물결 출렁이면서 서로 건너와
그 아우성 흔들리는 한가운데서 만날 수 있도록

성찬 회상 일기

"너희는 내가 굶주렸을 때 먹을 것을 주었고 목말랐을 때 마실 것을 주었

으며, …… 감옥에 갇혔을 때에 찾아주었다."

_마태 25장 36절

설날(구정) 같은 특별한 날은 과에서 따로 사과나 계란 두 개

운 좋으면 돼지비계 같은 특식이 나오곤 했지만,

사내들만 모이는 방도 그냥 지내는 마음이 섭섭하여

구매하는 물건들(미원이나 설탕, 빠다나 고추장)을 사서

공장에서 몰래 빼오는 수구레 고기와 바꿔 먹곤 했다. (육

공장은 수구레 공장)

오스트레일리아라던가 하여간 먼 데서 배 타고 왔다는

그 딱딱하고 시커먼 고기는 방부제 약물에 찌들 대로 찌든

모양새였지만

그래도 짐승 본연의 땀 오줌 똥 냄새는 우라지게 나서

큼지막하게 덩숭덩숭 짤라 온 걸 눈을 켜고 둘러앉아도

다섯 점 넘겨 먹는 이가 드물었다

하긴 석 점만 먹어도 씹는 사람은 이미 사람이 아니라

목구멍 밑 깊숙이까지 구역질 나는 소시궁창 냄새로

움매에 하고 뺑끼통에서 몰래 소울음 흉내를 내보는

사람이 있더라는 무기수의 이야기 아니라도

정작 눈 큰 황소라면 자기 못된 냄새를 이렇게까지 자의식

하진

못할 거라, 어허 못할 거라

하여 이 허이연 수음의 뜸물처럼 남아도는

피 빠진 고기는 대개 영리한 쥐를 잡는 미끼로 쓰곤 했다.

(여기 것은 억센, 털 난 팔뚝만 한 것이 괭이도 보고 달아날

지경이지만

입맛은 고급이라 썩어도 고기 아니면 꼬임에 들지 않았다.)

비닐봉지로 가느다랗게 줄을 꽈서 수구렐 매어달고 창살

밖으로

고 또랑또랑하게 생긴 눈망울의 앞다리나 모가지, 나긋한

허리께를

나꾸어챌 땐

손마디 마디에 갈빗대의 가녀린 숨 쉼까지도 느낄 듯하여,

얼마나 눈물겨웁게

우린 기뻐 소리쳤던가 약은 체해봐야 하늘처럼 믿는 천장은
밤낮 쿵쾅여대는 널판때기, 썩은 마룻바닥일 뿐, 놀음은
항상
전쟁처럼 들릴지도 모를 일이다
이런 날 한 번씩, 우리는 쥐벼룩 옮은 가려운 몸으로
모두 화해하곤 했다.
(너는 야윈 얼굴을 싸매고
씻음의 바다에라도 다시 뛰어들고 싶었을 테지만)
내가 화해한 손은 한 손가락 모자란
어색한 악수. (그는 액기마, 뚜룩잽이, 노름으로 한 손가락을
짤렸다)
이런 날 다시 우린
(너는 실망 많은 그대 없는 세상
해탈의 춤이라도 추고 싶었을 테지만)
석기시대 지층처럼 쌓여져 있는 얼굴의 때를
한 겹씩 벗겨주고는
결핵의 핏덩이 같은 웃음을 헤프게 웃곤 했다

칼잠예수

"주님, 저희가 언제 주님께서 주리신 것을 보고 잡수실 것을 드렸으며 목

마르신 것을 보고 마실 것을 드렸습니까?"

_ 마태 25장 37절

살이 등 부딪을 때는 샛노란 고름처럼 땀이 흐른다.
밤이 되면 우린, 아닌 게 아니라 무디어진
마음이 좁아서
복숭지뼈를 겹쳐 밤을 새며 칼잠을 자야 했다
왼쪽이든 오른쪽이든
한 어깨만 굽혀 그렇게 아침까지
긴긴 밤을 잤다.
사랑할 줄을 안다.
우리들의 비음 섞인 비역, 무릎에 머리를 고이는 내외 맺
음도 맺음이지만
도대체 신경질, 쌍욕, 거짓말의 다툼부터
골통을 빠쉘 구타, 살인, 강간, 독신의 침 배앝음까지
미치게 그리운 거다, 통째로 삶을 사랑한다는

벌거벗은 몸짓이.

다시 비싼 개부랄티 정력제를 상습 복용하는

여기 말로 돈 많은 범털부터

시래깃국 건더기조차 못 건져 먹는 찌그러진 개털까지

뭔가 같은 걸 발견하고 싶은 거다. 해와를 닮은, 뒤가 구린

대변 냄새라던가(내 뒤가 이렇게 구린 줄 사람들 보는 데서

똥 눠보니 알겠다) 배부른 만큼이나 드문 설사, 아니면

귀찮도록 가볍게 긁을 잔 피부병이라도

같은 몸부림이고 싶은 거다.

사랑일 줄을 안다.

전과 18범 노인이 아직도 어린애 같은

해학과 모순과(사회 꾸정물 들을 시간적 여유가 없었으니

당연한 일일 텐데도 그렇다) 그 아이러니는

우리가 사랑이 되는

유일한 무기.

자면서, 우리들은 뜀박질을 시작했다.

비좁은 방, 신경질, 쌍욕, 거짓말의 다툼 속에서

좀더 밀접하게 치열하게 사랑이기 위해서

한번 자봐라, 너도 버선 신은 무당춤 같기도 할 예수칼잠을
밤새 너의 두 발목에
서릿발 같은 대못이 들어와 박히질 않나.

그들은 게세마네라는 곳에 이르렀다. 예수께서 제자들에게 "내가 기도하
는 동안 여기 앉아 있어라" 하시고 베드로와 야고보와 요한만을 따로 데
리고 가셨다. 그리고 공포와 번민에 싸여서 "내 마음이 괴로워 죽을 지경
이니 너희는 여기 남아서 깨어 있어라" 하시고는 조금 앞으로 나아가 땅
에 엎드려 기도하셨다.…… "시몬아, 자고 있느냐? 단 한 시간도 깨어 있
을 수 없단 말이냐? 유혹에 빠지지 않도록 깨어 기도하라. 마음은 간절
하나 몸이 마을 듣지 않는구나!" …… "아직도 자고 있느냐? 아직도 쉬고
있느냐? 그만하면 넉넉하다. 자, 때가 왔다. 사람의 아들이 죄인들 손에
넘어가게 되었다. 일어나 가자. 나를 넘겨줄 자가 가까이 와 있다."

_마 14장 32~42절

가을에

무슨 말로 아플 수 있으랴
소름 돋는 예감과
다만, 파란만장한 삶에 집착할 뿐
무슨 말로 채울 수 있으랴
사랑한다 사랑한다 사랑한다 사랑한다
그러나 수천 마디 사랑의 되뇌임도
흩어져 내리는 매듭 하나 수습치 못하고
이 계절에 헤어져 헤어지면서
무슨 말로 완성시킬 수 있으랴
무슨 말로 사랑할 수 있으랴

입추

오늘 밤은

바람이 유난히도 설레게 분다

가을이 한 발짝, 성큼 다가와

오늘 밤, 바람이 유난히도 설레게 불고

나뭇가지에 붙어 있는 잎새의 극심한 흔들림이

더없이 소중하고

안타까워 보임은

사랑인가.

그렇다면 방 전체에 불 밝혀놔도

전신을 엄습하는 이 공포는 사랑인가

나의 신혼에, 나의 사랑의 시작이자 끝인 시각에

어떤 소스라친 발견처럼

혹은 어떤 반짝이는 갈채 소리처럼

나뭇잎새는 바람에 저리도 몸을 뒤채이고

흔들리며 흔들리며 매정한 눈물 한 방울 그 바람에

흩뿌릴 때까지

그대 눈물의 뿌리 송두리째

뽑힐 때까지

떨리며 내가 바라보는 것은
사랑인가, 낯설음인가
가을에 우리가 나무같이 굳건한 사물을 사랑하는 것은
그리고
나뭇잎새 같은 일순의 흔들림에
안타까워하는 것은
웬일인가 전신이 부르르 떠는 사랑, 마구 흔들리는 낯섦,
사랑은 흔들리지 않고
매어달려 마구 흔들릴 수 있는 사랑
그런데
이 밤, 오늘따라
바람이 몹시 심하게 불고
마치 나 대신 흔들려준다는 듯이
가슴 설레며 이 불안의 소중함을 안쓰러이 그냥
주체하지 못함은 웬일인가
사랑인가 패배인가
용서인가, 아니면 나의 무기력에 대한 분노인가
나뭇잎은 나의 흐려진 얼굴을 볼 틈도 없이

바람에 마구 발길로 채이고
나를 보지 못하고, 듣지도 못하고
그러나 그 움켜잡은, 그 격한 흔들림 몇 개가
나의 전신을 뒤흔들어대는 것은 웬일인가
사랑인가. 이 덜덜거리는 흔들림은
애써 머물러 있고자 함은

추수

고개 숙인 벼 이삭 고개 꺾이다.

다 거두어들이고

말없이 짚 더미로 눕다.

모두 끝나다. (볏짚 사이로 습기 찬 그리움이 반짝이다)

겨울이 산 뒤쪽에서

거대한 약탈자처럼 보이고

그러나 진실은 진실로 아름답고

처절해 보이다.

사라지면서 마지막으로

드러내 보이는.

그것은 마치

쪼들리고 시달림받는 고통의 참맛을

너를 얻은 뒤에 너와 함께

이렇게 음미하듯이

만남은 만나도 모자라고

삶은 항상 모자라

나는 모자람으로 가슴 부풀어 지낸다

그때 마리아가 매우 값진 순 나르드 향유 한 근을 가지고 와서 예수의 발에 붓고 자기 머리털로 그 발을 닦아드렸다. 그러자 온 집 안에 향유 냄새가 가득 찼다.

_요 12장 3절

예수의 발
나르드와 머리카락과 마리아의 여성의
가장 소중한
달아오른 얼굴로, 떨리는 손끝으로
오 예수
성스러운 그대 발꾸락
여성의 가장 부끄런
(그러나 당신은 만지면 앗— 뜨건
닿으면 불 같은, 그런 살이었으므로)
마리아는 그녀의 가장 깨끗한
(그리고 가장 부끄런)
머릿결로 당신의 발바닥을

지금도 씻겨드린다

씻겨드린다. 발가락 사이의 손가락

그러나 그것은

성스러움이 가장 생생하고

싱싱한 때.

가장 생생한 거리와 냄새로

가장 귀한 것이

가장 가까운 것으로

가슴에 울려퍼지는 때.

얼굴이 달아오르고 가슴이 방망이질 치고

가장 성스럽기 위하여

가장 인간스러운 것을

당신 보여주신 때.

철쭉꽃, 5월에

저는 몸을 망치고

당신은 너무 화사하다고 나무라기만 하셔요.

그날 그 하늘 찢어진
저를 부르던 소리와
이렇게 먼 산, 먼 언덕까지 메아리쳐 와 닿던
그날 그 자유에의 유혹.

그러나 저는 이렇게 몸을 망치고 망치고
당신은 화사한 저의 꽃잎사귀에 배인
사내의 몸냄새와 저의 가녀린 목줄기에 찍힌
구둣발 자욱 소리를
알아차리지도 못하셔요.

활짝 핀 꽃이파리보다도 많은 짓밟힌 경험과
버팅겨 뻗은 제 뿌리보다도 깊은
빼앗김의 상처.

그러나 저는 이 늦은 5월까지 살아
나이 든 누님의 눈 밑, 잔주름같이
다시 당신을 유혹하고 있어요

오셔도 오셔도 더욱 멀어지는
이렇게 먼 산, 먼 발치에서.

당신이 오셔서
다신 짓밟힘 아니라
다신 빼앗김 아니라
제 몸 깨끗이 씻어주시길.
당신의 살기와 당신의 세례.
당신의 야유와 당신의 사랑.
당신의 치욕과
당신의 무기.

몸서리치는 노래
우리들의 사랑법은
시대의 가장 여린 풀잎으로 이 땅에 눕기.
안타깝기. 서로 보듬기. 가장 몸서리칠 태풍의 예감으로
치 떨기. 우리들 가장 여린 허리의 흔들림 덕택으로
서로 껴안기. 강하고 무딘 것들을 위해

미리
몸서리쳐주기.

끝노래, 벗은 칸나
흩어지며 살랑이며
허리를 미는
바람둥이 몹쓸, 바람이 일면
나는 살래살래 댕기 문 입술로
빨갛게 발 시린 몸을
쏟을 거야요.
한 번쯤.

모가지 구부리며
호들갑스런 풀밭.

아직 엉너리치는 바람.

꽃잎이 지는 정조라 하셔요.

열매 맺던 몸사림이라 하셔요.

하물며 다시 흩어지며 살랑이며
키 자란 바람의
오장육부를 뿌릴 성화라면

주어도 주어도 새로 새파란
볼따구니가 시려
시든 꽃잎사귀에 싸인 내 몸을
쏟을 거야요.
온통.

봄비, 밤에

"그러면 너희는 나를 누구라고 생각하느냐?" 하고 예수께서 다시 물으시
자 베드로가 나서서 "선생님은 그리스도이십니다" 하고 대답하였다.

_마 8장 29절

나는 몸이 떨려
어릴 적, 내 여린 핏줄의 엉덩이를 담아주시던
어머님 곱게 늙으신 손바닥처럼 포근한 이 비는
이젠 내 마음 정한 뜻대로
떠나도 좋다는 의미일까.

산은 거대한 짐승을 가린 채 누워 있고
봄비에 젖고 있어. 나는 몸이 떨려.

그러나 새벽이면 살레살레 앙칼진 개나리 피워낼
이 밤, 이 비의 소곤거림은
혹시
이젠 외쳐야 된다는 말일까.
이젠 외쳐야 된다는 말일까.

불

"너희가 청하는 것이 무엇인지나 알고 있느냐? 내가 마시게 될 잔을 마

실 수 있으며 내가 받을 고난의 세례를 받을 수 있단 말이냐?"

_ 마 10장 38절

불은

불타오른다 꺼질 줄 모르고

내 습기 찬 눈동자의 몽롱한 시야 속에서

불은 죄 많은 자기의 육신까지 태워버린다

눈물을 닦아내도 아아 타누나

타누나. 그대의 봇물 터진 울음.

불은 마침내 이성을 잃고

산더미처럼 집채처럼 태워버린다.

불타라. 불타라. 불타라. 불타라.

쓰러지며 불은 불타오르고, 그러나 태울 수 없는

우리의 축축한 사랑이 이미 타버린

그리움의 거대한 그림자조차 무엇으로
적시겠느냐 아아 그리워하겠느냐
불은 걷잡을 수 없이 불타오르고
불 스스로 세력마저 태워버리고
불의 쓰러짐은 스스로 아비규환의 비명 소리마저 태워버
린다.
불타라. 불타라.
너와 내가 이 화재 앞에서 다만 태울 수 없는 몸짓으로 남아
봇물 터진 그리움으로 남아
무엇을 또 태우겠느냐.
무엇을 또 부르겠느냐.

입성

"호산나! 주의 이름으로 오시는 이여, 찬미받으소서!"

_마 11장 10절

가자 가자 피 흘리며 곤두서 가자

눈물 덩이, 설움 덩이 떨치며 가자

뿌리치며 손 맞잡고 몰켜서 가자

귓전에 남아 있는 아직도 부릅뜬

부모 형제, 조국 산하 부르며 가자

꺾인 허리, 부러진 다리, 짓밟힌 심장

가자 가자 피 흘리며 곤두서 가자

흩어져 말고 쓰러져 말고 밀며 밀리며

너도 나도 만세 소리에 일어서 가자

가자 가자 피 흘리며 곤두서 가자

아우성 속에서 사이렌 속에서 누군가 쓰러지고

쓰러지면 누군가가 다시 일어나

매 맞아 터진 어깨로 부딪쳐 가자

연기 속에서 이름도 모르는 피를 훔치며

호루라기 속에서 힘없어 원통한 붕대를 처매며
우리를 부르는 것은 눈먼 분노가 아니다
우리를 분노하게 하는 것은 하늘이 아니다
하늘은 항상 약한 자의 편
가자 가자 저 창칼의 숲을 달려서 가자
불끈불끈 솟는 핏줄이 거꾸로 솟아
바닥에 부딪는 이마를 또 한 번 칠 때
가자 가자 저 하늘을 곤두서 가자
쓰러짐으로 몸부림으로 곤두서 가자
갑돌이도 갑순이도 울면서 가자
전라도도 경상도도 울면서 가자
가자 가자 피 흘리며 곤두서 가자

최후의 고백

"나는 분명히 말한다. 너희 가운데 한 사람이 나를 배반할 터인데 그 사람도 지금 나와 함께 먹고 있다."

_마 14장 18절

나의 몸, 나의 피를 그대에게 줍니다
나의 살, 나의 뼈를
그대에게 줍니다
흐트러진 내 눈물의 시야를
갈기갈기 찢어진 내 꿈의 잔해를
나는 그대에게 보여줍니다
그대는 나의 혁명이어야 합니다
나의 절망이 그대의 몸속에서
피가 되고 살이 되고
내가 그대의 혁명이었듯이
그대 또한 나의 혁명이어야 합니다
한 번쯤 이루어버린 사랑의 업적을
업적의 시든 시체를 나는 그대에게 줍니다

몸부림과 불끈불끈 솟아오른 핏줄 근육의
한 많은 몸뚱어리를 그대에게 줍니다
일용의 양식으로 걱정거리로
나는 항상 그대의 곁, 그대의 속에서
용솟음칠 것입니다. 차마 이루지 못한 꿈
그대의 가슴도 갈가리 찢길 것입니다
나는 그대의 가슴에 못을 박습니다
지워지지 않는
지울 수 없는
그날의 그 아픔 그대로
나는 그대 곁에 있을 것입니다. 아주 초라한 모습으로
그대가 너무 춥지나 않게
그대가 너무 지치지나 않게
그대가 너무
초라하지나 않게
나는 항상 그대의 속에서
부글부글 끓고 있을 것입니다.

달아나라 누군가 너희의 잠을

웃음의 이빨로 덮치고 있다.

오는 것은 바람이 아니다 소문이 아니다

북만주 벌판 바람같이

아우성 지친 몽둥이 세례같이

오는 것은 아아 백주에 날뛰는 것은 꿈이 아니다

누군가

게릴라처럼 달아나라

너희는 잠에서 깨어나

나를 배반하라

문을 닫아도 두 눈을 감아도

겨울은 이미 너희의 가슴 한가운데에

세상은 세상의 간계를 숨기지 않는다

세상은 이미

세상의 추악한 얼굴을 숨기지 않는다.

제3부 부활

갈길

"유다인의 왕 만세!" 하고 외치면서 경례하였다. 또 갈대로 예수의 머리를 치고 침을 뱉으며 무릎을 꿇고 경배하였다.

_마 15장 18, 19절

통증이 와.
현기증 나.

너를 보면 내 몸속에서 어떤 날림으로 세운
철근 콘크리트 덩어리가
와르르 무너져 내리는 소리
들렸어.

피를 봐야겠어. 내 번접한 영혼의 얼룩을 씻어 내리는
신선한 피.

나에게 뜨거운 너의 피를 보여줄 수는 없니
너의 뜨거운 살아 있음을 보여줄 수는 없니.

이대로 만남을 시시하게 청산할 수는 없어.
몇천 년을 가슴속에서 징징 울던 칼이
이제 외치고 있어. 사랑과 칼과 만남의 흔적에 대해서
그 피비린 관계에 대해서.

시몬이라는 키레네 사람이 시골에서 올라오다가 그곳을 지나게 되었는데
병사들은 그를 붙들어 억지로 예수의 십자가를 지고 가게 하였다.
_마 15장 21절

조금씩
양보해야 해. 다시 일어서려면
둘이라야 해. 다시 튼튼히 일어서려면
다친 무르팍에 호 불어주는 그 입김, 그 온기로
찢어진 이마를 첨매주는 적삼붕대, 그 피로
절망과 쓰러진 사랑의 노래라야 해.
그 선명한
얼룩진 두 뺨의 눈동자라야 해.

못 박기

마침내 그들은 예수를 십자가에 못 박았다. 그리고 주사위를 던져 각자의 몫을 정하여 예수의 옷을 나누어 가졌다.

_ 마 15장 24절

좀더 손끝이

손끝이 닿게

못 끝이

살갗에 닿게

마지막으로 당신에게 드리는

이 아픔

아스라지도록

껴안을 수 있게

혼자 아주 버려진 아픔으로

누군가가 아주 먼 데서 와서

조일 수 있게 꼬옥 꼭 조일 수 있게

제발 다시는 헤어지지 않게

못 끝은 나의 살을 찢고

당신의 가슴을 찢고
찢어짐과 찢어짐이 떨어지지 않게
서로 만나게
깜깜절벽과 깜깜절벽이 만나
불꽃이 튀게
가슴을 쥐어뜯으며 울부짖으며
억센 가슴이 털 난 사랑을 만나듯
좀더 손끝이
손끝에 닿게
우악스럽고 아주 우악스럽게
못 끝이 그대의 사랑을
갈라지면서 쓰러지지 않는
찢어지면서 헤어지지 않는
못나고 못난 뜨거움으로 변하게
뜨거움으로 불타오르게
핏줄이 터지는 아픔
들끓어오르게, 들끓어오르게

몸통에서 분리된 모가지의 노래 2

예수께서는 큰소리를 지르시고 숨을 거두셨다. 그때 성전 휘장이 위에서 아래까지 두 폭으로 찢어졌다.…… "이 사람이야말로 정말 하느님의 아들이었구나."

_ 마 15장 37~39절

그리운 것들은 아직도 살아서
꿈틀거리고 있구나. 지금은 육신조차 선 채로 벌거벗긴 채
견디지 못할 때
여름 땡볕 견디는 온몸으로도 견디지 못하고
잔등 위 불타는 신음 소리조차 힘겨워 힘겨워
아아 비리디비린 목숨조차 힘에 겨울 때
억수같이 땀 흐르며 그리운 것들은 아직도 살아서
꿈틀거리고, 훔쳐 내려도 훔쳐 내려도 그리운 것들은
내 못 박힌 손등 위에 쓰라린 망막 위에
아롱져 있구나
그것은 그리운 이름들이다
아직도 차마 살은 분노가 거리를 메우고

타는 불볕 속에서 더욱 뜨겁게 불타오르는 기다림
쓰라리고 찬란하고 생생하고 잔인하게 그리운
찢어진 얼굴들이다
못 돌아오리라
그대 이제는 다시 못 돌아오리라
두 눈동자에 꽉 차 들어온
하늘, 가슴 쥐어뜯는 푸른 하늘에 두 눈이 마구 시리며
이제는 다시 못 돌아오리라 한 줌에 꼬옥 잡히는
내 나라, 내 땅 따스한 흙의 온기에 두 뺨 부비며
이제는 아아 피비려 이 땅에 살아남지 못할 그대
눈물의 그대. 핏방울의 그대.
그대 이제는 다시 못 돌아오리라
이제 그리운 사람들은 가고
아직도 살아 있는 사람들만 남아
그리운 것들을 아파해야 할 때
전신을 짓밟히며 난자질당하며
눈물이 핑 돌수록, 목이 메일수록
목이 터져라 외쳐 불러야 할 때

그리운 것들은 쓰러진 기억의 껍질 위를 피어오르고

기어다니고 질질 흐르고

살아 있는 사람들만 비참하게 남아

갈가리 찢어진 목청으로 외쳐 부르는 소리

그 소리는 내 터진 고막 속 아주 먼 데서부터

벅차디 벅찬 함성 소리로 또한 파도쳐 오는구나

아아 나는 가고 너희들은 물결치며 오는구나

또 여자들도 먼 데서 이 광경을 지켜보고 있었는데 그들 가운데에는 막달라의 마리아, 작은 야고보와 요셉의 어머니 마리아, 그리고 살로메가 있었다. 그들은 예수께서 갈릴래아에 계실 때에 따라다니며 예수께 시중들던 여자들이다.

_마 15장 40, 41절

그 여자들은 각기 하나씩 추도시를 썼다.

맨 나중 것은 누가 썼는지 확실치 않다.

거들떠보지 않는 노래

세상은 너의 살기를 거들떠보지 않는다
세상은 너의 사랑을 거들떠보지 않는다
세상은 너의 식솔을 거들떠보지 않는다
세상은 너의 평화를 거들떠보지 않는다
그 평화에 대한 너의 집착
그리하여 세상은
너의 죽음을 거들떠보지 않는다
삶도 치욕도 그저 그뿐
아아 세상은 너의 잔재를 거들떠보지 않는다
그 암담했던
너의 과거

그래도 버린 건 세상이 아니라

그래도 버린 건 세상이 아니라
바로 너다 세상을 버린 건
너의 버림으로도 세상은 울지 않지만
세상은 한 치의 사랑도 양보하지 않는다
너의 버림으로도 세상은 끄떡치 않더라고
너는 울부짖겠지만
세상은 어느 해 저문 골목, 선술집에 앉아
모르는 사람에겐 등만 보이고
어느새 열 손가락이 다 아픈 것을 안다
네가 모를 뿐이다
다만 네가 모를 뿐이다

다시 쓰는 추도시

그대의 죽음은

우리를 다시 한 번 진실과 피의 관계에 대해서

경악케 합니다

우리는 봅니다 왜 진실은 피 묻은 진실이어야 하는가를

그대가 죽음으로 증거한 것은 이 시대의 보이지 않는 속박

그대의 죽음으로 우리는 새삼 눈을 뜨고

놀란 눈으로 주위를 돌아봅니다

그대의 죽음으로 우리는 불안을 얻었지만

그대의 죽음으로 우리는 좀더 사람다워지기 위한

사랑을 얻었습니다

마치 그대의 죽음이 우리를 죽음의 상태에서 멀어지게 하고

그대의 영원한 안식이

우리를 끊임없이 끊임없이

움직이게 하는 것처럼

그리고 그대 죽음의 행위가

완전한 자유의 상징인 것처럼

부활제

너를 기다리면서
나는 타오르는 불길을 본다
하늘 끝으로 이젠, 무너져 내린 계단 위에서 외마디 비명
처럼 네가 치솟고
마침내 네가 쓰러지던, 그 기나긴 단식의 복도.

너는 너 아닌 것들을 한 치도 구원하지 못한 것처럼 보이고
그러나 난 다시 일어서려 한다

일어서려 한다 너를 배신하면서
너는 믿지 않겠지만
그러나 세상은 한 치도 변한 것이 없어 보이고
난 다시 일어서려 한다

네가 쓰러진 그 자리에서
쓰러져 단지 거름으로 썩는
바로 그 자리에서

안식일 다음 날 이른 아침 해가 뜨자 그들은 무덤으로 가면서 "그 무덤 입구를 막은 돌을 굴려내줄 사람이 있을까요?" 하고 말을 주고받았다. 가서 보니 그렇게도 커다란 돌이 이미 굴려져 있었다.…… "……예수는 다시 살아나셨고 여기에는 계시지 않다. 보라. 여기가 예수의 시체를 모셨던 곳이다……" 여자들은 겁에 질려 덜덜 떨면서 무덤 밖으로 나와 도망쳐버렸다. 그리고 너무도 무서워서 아무에게도 말을 못 하였다.

_마 16장 2~8절

눈, 나뭇가지, 너, 나 그리고 고통

우울한 날이시면
나무들을 보셔요. 눈 내린 아침.
나무들은 잘하고 있어요.
나뭇가지의 짐은 하얗고 푹신하고 축 늘어지고
저렇게 환하게 서 있을 수가 있어요 글쎄
멋져요. 나뭇가지가 있는 아침은 춥고
화사하셔요. 눈이 펑펑 쏟아지는 아침은
온 산, 온 경치가 새하얀 이 아침에 온통

피를 생각하는 사람은 우리들뿐이라는 듯이
고통이 아름답지 않은 사람은 우리들뿐이라는 듯이

동계 훈련
— 겨울, 복지부동

아 저 새까만 우리 소망의 하늘에
터질 것, 끝내 터져버린 조명탄 낙하
얼어터진 맨땅에 엎드려서
그러나 난 주고 있는 거야
내가 견뎌온 모든 것
내가 고삐 잡고 있는 내 끓는 내장 속의 모든 것
복지부동 자세로
맨 뺨을 때리는 얼음의 살기
드러난 살갗에 와 닿는
너와, 실패한 사랑의 쩡쩡한 입김
겨우, 웅크리지 못해
그러나 나의 성기는 불을 토하고 있어
나는 삽입하고 있는 거야
나를 버팅기고 있는 내 설움의 모든 것
또한 서러움을 이기지 못하여
나는 너를 녹이고 있는 거야
내가 살아온 모든 것

내 설움이 너를 녹이고

너의 체온이 다시 나를 녹일 때까지

동면

너무 오래 잤어

진실로 오래오래 누워 있으면
제자리에 있는 것은 하나도 없이
살덩이는 천근만근 바닥에 늘어붙고
뼈는 뼈대로 땅바닥에 밀착하려고 해서
우린 아주 차가운 짐승처럼 누워 있어야 해

일어나라 일어나
봄이 왔어. 봄의 코끝에 묻은 향기가 너의 누운 발바닥을
간지럽히고
소문의 바람에 네 누운 귀가 쫑긋쫑긋거리지 않니?

둘이 누워 있어도
진실로 오래오래 누워 있으면
팔을 못 쓰게 돼 너는 오른팔을
나는 왼팔을
(팔을 못 쓰면 싸우는 데는 끝장이야)

온몸이 저려 너무 오래 잤어

일어나고 싶지 않아. 이대로 추운 땅이 되고 싶어

하잘 것 없는 들풀 따위로 눕고 싶어

일어나야지 일어……

회복기의 노래

봄이 오나 봐

내 밤새 지친 발가락 사이에서

들리지 바스스 얼음 부서져 내리는 소리

땅속 깊은 곳, 어느 못다 내린 용암의 뿌리가

거꾸로 와서

우린, 사랑으로 눈 덮인 산이 녹는가 봐

(홍성엔 벌써 네번째 지진)

녹다 못해

타오른 산으론 진달래 피나 봐

현기증나면 냄새 맡아봐

내 손톱, 짜개진 틈새로

새어 나는 비린 피

내 색깔도 냄새도 없던 동상이 녹는

비린 봄의 내음새를

간질, 이간질대면서

기다리다 못해

봄이 오나 봐

도마에게

"내 손과 발을 보아라. 틀림없이 나다! 자, 만져보아라."

_루 24장 39절

만져보아라 이제는 내가 내 품에 품고 다니는
낯익은 끈적끈적한 상처를
너의 손으로 직접 손가락 집어넣어라
나의 상처 구멍 속에선
들리지, 보이지 않는 아우성 소리가
보이지, 들리지 않는 가난에 찌든 얼굴들이
아직도 따스하지
그러나 나는 보이는 것과 들리는 것을 만나게 한다
모오든 비명 소리가 내 상처 속에서 목소리를 되찾고
모오든 헐벗음이 내 상처 속에서
헐벗음으로 나타난다
만져보아라 너의 손으로 직접 손가락 집어넣어보아라
그러나 나를 믿는다는 것은
귀 기울여

정성껏 귀 기울이면 들리는 소리를 듣는 것이다
정성껏 살피면 보이는 것을 보는 것이다
이제 나는 의심 많은 너의 곁에 보이지도 들리지도 않을
것이나
귀 기울여
주위의 신음 소리를 살펴보아라
그곳에 내가 생생히
꼿꼿하게 아직도 살아 있다
황홀한 가난으로 살아 있다

끝노래, 새벽

이제 새벽은
흰옷을 입고 어둠을 양손으로 밀어내는
수줍은 몸짓으로 오지는 않을 것이다
이제 새벽의 옷깃에는
핏덩이가 엉겨 있을 것이다
우리는 누구나
새벽이 우리가 잠든 사이에
어느 틈에 와 있어주기를 바란다

새벽은 이제
어둠을 산산조각으로 까부수는
비명 소리로 올 것이다

혼미한 두뇌세포가 흔들린다
수없는 어둠의 산산조각들이
다시 갈라지는 것이 보인다
그들은 흐린 빛깔로 우리 앞에 다가와
눈부신 태양의 피 흘림을 펼쳐 보일 것이다

이름 부를 수 없는 모든 것들을 외쳐 부르는
수많은 양팔 벌림의 장관을 펼쳐 보일 것이다

깊은 욕망이 짧은 아픔을 짓누르듯이
고통의 생애가 죽음을 거부하듯이
이제 새벽은 그렇게 매일매일
힘들이며 올 것이다
그것은 이별의 새벽이 아니다
아픔의 기쁨 곁, 아니면 기쁨의 아픔 곁
영원토록 우리 곁에 머물러 있을 탄생의 피비린 눈부심
이다

우리가 일어서야 할 피비림.
우리가 이룩해야 할 눈부심.

황색예수2

—

공동체, 그리고 노래

구판 시인의 말

　이 글은 전 3부로 계획된 『황색예수전』 중 가운데 토막이다. 인용된 성경 구절은 모두 「사도행전」 중에서 뽑은 것이다. 부제를 '공동체, 그리고 노래'로 한 것은 요사이 활발하게 일고 있는 '공동체'에 대한 논의에 자그마한 '정서적 보탬'이 되어보고자 한 필자의 욕심과 '시의 노래성 획득'에 대한 필자 나름대로의 소박한 열망이 한데 어우러질 수 있다고 생각했기 때문이다. '제3세계적 공동체 건설'은 사회경제사적인 논의의 차원만으로는 이루어지지 않는다. 특히 분단을 극복하고 통일을 달성하는 '지금 이곳'의 당면 과제에 있어서는 더욱 그렇다. 사회경제사적인 논의에 정서적인 차원의 작업이 병행, 그 본질적 바탕을 이루어야 하는 것이다. 노래 가사가 되든 '노래성'을 획득하든 간에, 통일을 향한 정서적 작업으로서의 시가 변증법적으로, 갈등적으로, 그리고 상호상승적으로 노래를 지향할 때, 그것이 통일운동에 기여할 바는 적지 않다고 나는 감히 생각한다. 그것은 일상성을 통해 감동적으로 그리고 충격적으로 우리들의 '분단된 감수성'을 세척하는 일이며 '분단에 익숙한' 우리들의 정서를 '통일에 익숙한' 그것으로 만드는 작업이기 때문이다. 여기에 실린 한 분단 이후 세대의 글이 그 작업에 천만분지 일이라도 감당할 수 있는 것이라면 나는 더 바랄 나위가 없겠다. 다만

이 점만은 감히 분명히 하고 싶다. 우리 시대의 「사도행전」은 그런 시각에서 읽힐 수 있으며 의당 그렇게 읽혀야 한다. 어쭙잖게, 궁상맞게, 오늘도 또한 그리운 사람들이 더욱 그립다.

1983년 4월
김정환

서시
— 길노래

앞서간 동구 밖
밀밭에 산들바람 가슴을 적셔와
나는 보인다, 그대가
기다림으로 말하고픈 것
감아도 축축한 두 눈에
부딪혀온다, 그대가
그 희디흰 목덜미만으로 증거하려는 것

수천 번 수만 번을 떠나도 어른거려
돌아보면 바로 동구 밖, 언제나
그대의 돌아섬은 신작로가 수수나무
길게 꾸불텅하게 누운 길
그러나 하늘 끝까지 닿아 있다
땅끝까지 닿아 있다 조선의 길
그대의 서슬 푸른 돌아섬

길은 멀다
앞서간 동구 밖

그대 희디흰 바람의 목덜미는 야위고
야위면서 쑥쑥 자라고

제1부 공동체

사도들의 질문에 답함

"주님, 주님께서 이스라엘 왕국을 다시 세워주실 때가 바로 지금입니까?"

_1장 6~7절

하늘나라는 여러분의 힘으로 다가옵니다

개나리 피고 봄이 오듯 하늘나라도 오고 있지만

진달래 피듯이 여러분의 피 흘림으로 더욱 아름답게 다가

올 것입니다

하늘나라는 예정되어 있으나

예정은 과거도 미래도 아닙니다

나는 시간 속에도 있고 시간 밖에도 있고

시간 전에도 있고 시간 후에도 있고

나는 시간이기도 합니다.

돌아가는 팽이를 보듯 나는 시간 속에서

바삐 돌아가는 내 자신을 바라봅니다

당신의 과거 속에도 있고 현재 속에도 미래 속에도 있는데

그것은 돌이킬 수 없는 것이 아니라 한 존재의 양면입니다

세상이 험난하여 이젠 다 틀렸구나

포기하지 말고 힘써 피 흘려 당신들의 하늘나라를 꾸미시오

하늘나라는 옛날에 예정되었으나 지금도 예정하고 있고

미래에도 예정될 것입니다

나는 여기에 당신들과 더불어 함께 있으나

그와 동시에 당신의 미래 속에도 같이 있고 과거 속에도 같이 있습니다

당신도 마찬가지이기 때문입니다

과거와 미래는 당신들로부터 한두 발자욱씩 떨어져 있는 것이 아니라

당신 위대한 생애의 일부를 이루는 떼놓을 수 없는 부분입니다

이제 여러분이 이 지상의 현재에서 의롭게 피 흘리며 산다는 것은

여러분이 선택받았다는 것을 뜻합니다

그것은 예정이 변경된다는 뜻이 아니라

예정 속에 과거 현재 미래가 모두 들어 있다는 뜻입니다

비로소 초월주의가

이 지상, 이 순간의 중요함을 일깨워줍니다

내가 당신의 현재 속에 치열하게 있기 때문입니다

당신의 과거와 미래가 모두

당신의 이 순간 기나긴 결단 속에 치열하게 있기 때문입니다

믿는 사람은 모두 함께 지내며 그들의 모든 것을 공동소유로 내어놓고 재산과 물건을 팔아서 모든 사람에게 필요한 만큼 나누어 주었다. 그리고 한마음이 되어 날마다 성전에 모였으며 집집마다 돌아가며 같이 빵을 나누고 순수한 마음으로 기쁘게 음식을 먹으며 하느님을 찬양하였다.

_2장 44~47절

마당밟이노래

밟아라 밟아라 설운 세상
보름달 밝은데 우리네 가난
밟아라 밟아라 농협 빚 독촉
발자욱 모이면 큰 힘이 된다
밟아라 밟아라 푸른 뜰 밟아라
노동이 모이면 새 세상 온다
밟아라 밟아라 썩은 세상
우리가 모이면 대명천지
밟아라 밟아라 설운 세상
밟아라 밟아라 썩은 세상

모심기노래

모를 심자 모를 심자 우리 어매 가슴에다
모를 심자 모를 심자 우리 어매 손금에다
모를 심자 모를 심자 우리 어매 주름살에
모를 심자 모를 심자 우리 어매 다친 허리에

모를 심자 모를 심자 산천초목 눈물진 곳에다
모를 심자 모를 심자 휴전선 피 어린 곳에다
모를 심자 모를 심자 비료 공장 농약 공장에
모를 심자 모를 심자 양놈 로스케 판치는 세상에
모를 심자 모를 심자 썩은 강에 썩은 바다에
모를 심자 모를 심자 화약 냄새 번지는 벌판에

모를 심자 모를 심자 어진 목숨 키우듯 모를 심자
모를 심자 모를 심자 숨진 어매 모시듯 모를 심자
모를 심자 모를 심자 죽은 세상 살리듯 모를 심자
모를 심자 모를 심자 좋은 세상 오라고 모를 심자

……어허 이 모 저 모 다 심으면 핵폭탄도 다 없어질랑가

평야노래

저 갈대밭에 쓰러져 피 흘릴지라도
쓰러져 벼 이삭처럼 핏덩이 뱉을지라도
넉넉한 아아 척박한 젖가슴일지라도
우리가 짐승처럼 으어으어 울부짖을 때
햇빛조차 잔인해 두 눈 팍팍 쑤셔댈지라도
하늘 마구 미친 듯이 푸르를지라도
저 갈대밭에 쓰러져 죽창 찔릴지라도
파리 같은 목숨, 선 채로 두 팔 두 귀 짤릴지라도

아아 평야 평야 황금 벼 이삭 벌판
펼쳐진 싸움터
피 끓는 목숨의 평야

와이 에이치 여공

예수께서 하늘로 올라가시는 동안 그들은 하늘만을 쳐다보고 있었다. 그
때 흰옷을 입은 사람들이 갑자기 그들 앞에 나타나서 이렇게 말했다. "갈
릴래아 사람들아, 왜 너희는 여기에 서서 하늘만 쳐다보고 있느냐?"

_1장 10~11절

청천벽력으로
떨어졌네 거짓으로 쌓아올린 빌딩 아스라이
떨어진 것은 한 떨기 꽃이 아니라
폭탄이었네 아아 너의 치맛자락에 휘감겨
터진 것은, 절망 아니라 눈물 아니라
꿈이었네 빼앗김에 대한 떳떳한 분노
용기에 대한
위대한 표현 정신 아아 순아 이렇게 사는 것은 마냥 지겹고
살아남는다는 게 온통 비상이고 훈련이고 자살이지만 순아
버린 건 끝내 네 목숨이 아니다 순아
언제쯤 다시는 굶주리지 않을 세상을 위하여
언제쯤 다시는 억눌리지 않을 세상을 위하여 순아 너는

한 떨기 폭탄으로 터지고
너의 죽음으로 우리 모두가 죽어
우린 이렇게 다시 태어났지만 순아
돌아오지 않았다 이 구차스런 세상으로
순아 너는 눈물 뿌리째 흩뿌려, 마다하고 돌아오지 않았다
이 세상 어느 때 어느 곳에서
너를 다시 만날 수 있겠느냐
너를 다시 마주 대할 수 있겠느냐

아아 더욱더 꽃다운 너의 얼굴, 순아

순천역

마침내 오순절이 되어 신도들이 모두 한곳에 모여 있었는데 갑자기 하늘에서 세찬 바람이 부는 듯한 소리가 들려오더니 그들이 앉아 있던 온 집안을 가득 채웠다. 그러나 혀 같은 것들이 나타나 불길처럼 갈라지며 각 사람 위에 내렸다.

_2장 2~4절

기적을 울려 연기 뿜으며
눈물 일그러진 얼굴, 주름살에 핏발 곤두선 눈동자
놓쳐버린 열차는 떠나갔다
그 속도가 야윈 정강이를 후려쳤다
폭음에 찢긴 정적이 혼비백산 달아났다
흩뿌리고 지나간 남은 불빛이
뿔뿔이 여생을 목 놓아 울었다
기다림들아 기다림들아
어머니와 아내와 누이와 피범벅의 딸들아
쭈빗쭈빗 곤두선 머리카락이
숨겨진 혼백 속 칼날을 불렀다

피를 부르고 그날의 함성 소릴 불렀다

기다림들아 기다림들아

아비규환의 아우성 소리가

난자당한 지아비 지어미 들을 다시 찢어발기고

흩어지지 말자, 헤어지지 말자

포기하면 안 돼, 이대로 맨손 맨가슴으로 개죽음당하면

열차는 마지막 남은 피울음마저 뿌리치고 들뜬 상경길

버려진 슬픔이 잔인한 흐느낌의 기억과 만나는

순천역 철길도 비에 백열등 빛에 젖어 반짝였다

우리는 또한 여생을 어깨 출렁이며 울리만 할 것인가

밤바다

우리는 바람을 뚫고 나갈 수가 없어서 바람이 부는 대로 배를 내맡기고
표류하기 시작하였다. …… 태풍에 몹시 시달리다 못해 이튿날에는 화물
을 바닷속으로 집어던졌고 또 그다음 날에는 선원들이 배의 장비를 제
손으로 내던졌다. 여러 날 동안 해도 별도 보이지 않고 태풍만이 거세게
불어닥쳐서 마침내 우리는 살아 돌아갈 희망을 아주 잃고 말았다.

_27장 15~20절

바다는 수상했다 바람도 온 세상이 깜깜하게 숨죽이고
달도 칠흑같이, 사라진 것들만 처절했다
모두 무너져 내리고, 그래도 마지막 살아남은
아직도 귀에 생생한 비명 소리같이
파도는 피맺힌 그리움 한 줌 움켜쥐고
파도 그 손아귀의 잔해가 슬금슬금 모래밭을 기었다
아아 무너져 내린 마음은 독했다 살아남은 마음은 무서웠
다. 이를 악문 채
파도는 저렇게 쉴 새 없이 철썩여대고
가슴이 이리도 두근대는 것은

죽은 자여 부끄러움인가 사라진 자여 분노인가

고요히 그러나 거대하게 넘실대는 진저리 치는 운동

살아 있는 날이 끝나고 이제 죽어 어둠을 당하고 있는

몸서리치는 아우성 행군의 고요

절망은 가장 소름 끼치는 몰골로 숨고 있었다

아무도 아무 빛도 없이 다만 거품만 하얗게 아가리를 벌린
밤바닷가

파도는 나를 아랑곳하지 않고 쉴 새 없이 벅차게 밀려왔다

그러나 한 발자욱도, 다가서지 않아서 두려운 파도

내 늦게 도착한 발자욱마다 길을 비키는 파도

부마(釜馬)여 부마여 죽은 자여 사라진 자여

흐느껴다오 통곡해다오 왜 말이 없는가

파도여 내 비명 소리가 숨겨진 너의 비명 소리를 부르고

파도여 네가 손아귀에 움켜쥐고 배앝지 못하는 것은

사랑인가 원수인가 파도여 너의 이 광활한 펼쳐짐 앞에서

살아 있음이 무섭지 않게 해달라 너의 벌거벗은 통곡 앞
에서

사라진 자들은 저리도 철썩이며 뒤채이고

숱한 눈물의 아들로 다시 태어나 일어설 수 있도록

파도여 부끄럽지 않게 해달라 빼앗길 것 아직 남아 있음을

소금기 굳은 몸을 털며 분연히 너와 내가 시원한 울음바다
로 만나

나의 깊은 곳 출렁임도 마침내 들켜버린 듯이

너의 깊은 곳 불의 칼도 마침내 들켜버린 듯이

너의 깜깜한 절망도 아아 너의 어쩔 수 없는 사랑도 들켜
버린 듯이

그때엔 정말 쓰러진 몰골이 처참한 얼굴을 찾고 찢겨져 잔
인한 팔다리를 찾고, 짓밟혀 생생한 시체 더미가 되고

그러나 내가 다시 바다 그 뜨거운 눈물의 아들로 태어나

다시 한 번 일어설 수 있도록

다시 한 번 일어설 수 있도록

함성노래

그들은 놀라고 또 신기하게 여기며 "지금 말하고 있는 저 사람들은 모두 갈릴래아 사람들이 아닌가! 그런데 우리는 저 사람들이 하는 말을 저마다 태어난 지방의 말로 듣고 있으니 어찌 된 셈인가?"

_2장 7~9절

나라에 가슴 벅찬 함성 소리였다
거리도 운동장도 온통 들끓던
솟구치던 기쁨의 대열이었다
해방시대 비포장 자갈밭 진흙길

나라에 가슴 벅찬 통곡 소리였다
언 땅에 발바닥 달려 외치던
외마디 비명의 인파였다
솟구쳐 쓰러지던 아아 한 가닥 희망이었다

질긴 목숨이었다
헐벗은 기쁨이었다

흙내음이었다 척박한 황토에
쓰러져 돌아갈 짓푸른 하늘이었다
우리가 바라는 것은 자유였다
우리가 바라는 것은 민주였다
우리가 바라는 것은 통일이었다
……

단식노래

"······그런데 저 사람들이 지금 하느님께서 하신 큰일들을 전하고 있는데

그것을 우리는 저마다 자기네 말로 듣고 있지 않은가?"

_2장 11절

잠든 자를 깨우는 경건함으로
이 밤 너의 맘 모든 것을 탕진하라
온통 미움으로 살찐 죽은 세상
지치고 지친 우리 목숨의 끝까지
우리 희망의 끝까지

말라 비튼 몸으로 현기증으로
헐벗음과 찬서리와 노동과 순결이 만나리
이 새벽에 우리 새벽에

곤한 자를 깨우는 더 나은 사랑으로
이 밤 너의 맘 모든 것을 탕진하라
온통 화려함으로 뒤덮인 갇힌 세상

지치고 지친 우리 목숨의 끝까지
우리 희망의 끝까지
말라 비튼 몸으로 현기증으로
가난과 입김과 생계와 탄생이 만나리
이 새벽에 우리 새벽에

용산역

"베드로야, 어서 잡아먹어라." ······ "절대로 안 됩니다, 주님. 저는 일찍이 속된 것이나 더러운 것은 한 번도 입에 대어본 적이 없습니다." ······ "하느님께서 깨끗하게 만드신 것을 속되다고 하지 말라."

_10장 13~15절

이 희뿌연 안개 속을

겁 없이 찾아왔다 초라한 상경 보따리 흘러간 유행가 찾아올 사람 아무도 없어 보이고

얼굴 없는 여인들 아무렇게나 겨드랑이를 잡는 용산역

겁 없이 찾아왔다 얼굴 없는 여인을 위해 안개는 갈수록 짙어가고

이제 안개가 깜깜한 밤으로 바뀌면

도시는 그 음흉한 빛으로 화장 짙은 얼굴을 가릴 것이다

아아 겁 없이 찾아왔다 더러움을 위하여

생계를 위하여 안개는 짙게 깔리고 목이 터져라 외쳐 부를 것도 없이

뿌리치고 떠나는 기차의 경적 소리 남은 마음들만 덜컹여

호남선 대합실에 염천교 밑에 살아 꿈틀대는 목숨

누더기만 남은 목숨이 뿌리채 뽑혀 찬바람에 흩날려댄다

목숨의 안개, 필연의 안개 속을

겁 없이 찾아왔다 떠남이 필연적이듯이

만나도 필연적이라던, 용산역에서는

몸 팔음도 필연적이라던

충남이, 이 바닥 에끼마 색시 장사 시장 바닥을 휘젓고 다

니다 왔다

5년만 지나면 나도 출감한다던 충남이 그도

나오자마자 이 바닥 내팽개치고 떠난 것일까

아니면 초라히 떠나는 자들 그도 서러워

개찰구 앞에서 버스 정거장 앞에서 여인네들 그리움 솟구

칠 때

마침내 마침내 그 얼굴 표정이 살아날 때

충남이는 마침내 그들이 되어

감옥보다 더 비좁은 방에서 화투를 치며

겁도 없이 찾아온 내 가슴

이리도 이리도 후리치는 것일까

걷잡을 수 없이 아아 물밀듯 덮쳐오는 것일까

무문토기노래

원시인의 손가락 사이를 빠져 흘러간

물살과 미꾸라지를 닮은

한 마리 고대수륙양용 열대어를 담아두기 위하여

모든 자연스런 흘러감과

사랑과 만유인력의 법칙을 격리시키기 위하여

혼자 있기 위하여

흑백의 태초에 눈도 귀도 구멍도 없는 네가 만들어졌나

너로 인하여

평화의 물살이 허공에 떠받쳐져 고이 썩고

또한 얼마나 많은 피와 고정관념이

너의 텅 빈 심연 속에서 소유되고

또한 바쳐지고 있나

또한 약탈되고 있나

또한 학살되고 있나

또한 분단되고 있나

깨어져라

쏟아져라

깨어져라 쏟아져라 흑백의 무문토기

우리 시대의 간음

그의 아내가 그동안에 무슨 일이 일어났는지도 모르고 들어왔다. 베드로가 그 여자를 불러놓고 "당신들이 이 땅을 판 돈이 이게 전부란 말이오?" 하고 묻자 "예, 전부입니다" 하고 대답하였다.

_5장 7~8절

원주시 학성동 즐비한 하숙집 근처에서 만났다
꼭 내 아들 착한 얼굴을 닮았다며
고기 몇 점 더 얹어주던 함경도 순댓국집 아줌마
어떤 안쓰러움처럼 아님 어떤 죄 갚음의 구실처럼
그 아줌마는 굳이 내게 경월소주를 따랐다
그럴 리가 없다며 굳이 내 나이를 깎듯
한 줄기 순대를 과감히 잘라내지 못한
순댓국집 아줌마가 살아왔을 세상은 아마 각박했을 게다
두세 겹 정도의 속임수로는 십상 들키고
눈 베고 코 베 가는 세상, 그 세상이 순댓국 속에서 혼탁한
얼굴을 하고 있었다
  우리는 혼동했다 항상 위험한 그러나 인간적인 혁명

아줌마가 바랐던 세상은 우리가 키워왔던 세상은 아니다
그러나 그것이 무슨 속고 속이는 행위는 아닌 것처럼
어떤 몸둘 바 모름처럼
나는 순댓국집 아줌마와 혼탁한 세상 속에서 눈을 맞췄다
아직도 기쁜 일보다는 슬픈 일이 더 많을 것이라는
그녀의 말에 젊은 나는 어서 통일이 와야지요 하고 더듬거
렸고
엉뚱하게 사랑에 대해 아름다움에 대해 다시 생각했다
악다구니로 살아온 세상에서
인륜만이 천륜이 되는, 슬픔의 언저리를 더듬는
눈웃음 정도의 간음에 대해서 생각했다
그대와 나를 갈기는
눈물의 테러리즘
이 세상이 악착스럽기만 한 동안
겉으로만 착한 나의 얼굴과
아들과 아줌마의 매몰차지 못한 마음이 만나는
원주 군부대 학성동 하숙집 옆 순댓국집 대낮
우리들의 간음은 용서받아 마땅하다

제2부 4월과 5월

자술서

나는 쓴다 자술서 위에

태어나 비굴하게 살아온 일생 샅샅이 쓰라는

자술서 위에 아아 그 백지 거대한 삼켜버림의 공간 위에

태어난 곳은 어디 태어난 날은 언제 아버지 성명 ○○○

어머니 성명

　○○○ 친한 친구는 누구 써도 써도 사실 나는 자유를 위

하여 한 일이

없구나 백지는 내게 뭔가를 윽박지르고

결혼했다고 쓴다

취직했다고 쓴다

사랑했다고 쓴다

괴로워했다고 쓴다

아아 그러나 자유라는 말 평등이라는 말 통일이라는 말

얼마나 선명하고 피 묻어 황홀해, 부끄럽지 않아도 스스로
솟아나오는 말이냐 아무것도 적힐 수 없는 그 공간 속에서
그래 그렇다 자술서는 나더러 너도 이제는
떳떳한 자술서를 위하여
너도 이제는 자유·평등·평화·통일을 위하여 좀더 열심
히 투쟁하라고 하는 것이다
살으리라 오른손으로 왼손으로
발바닥으로 깨진 이빨 사이로 오 자유
떨리는 글씨체로 쓰기 위하여
아아 그러나 그때도 나는 자유라는 말의 거대한 사랑 앞에
서 기죽고 창피해 얼굴 달아올라
바로 서지 못하고 앉지 못하고 엉거주춤
자유를 말할 것이냐 눈물 어린 그대 얼굴 같은 자술서 위에
모진 채찍질 어깨를 후려치고
내 흐린 시야 속에서 자술서 백지는 어지러이 흩어진다
내가 지금 휘갈겨 쓰고 있는 것은
눈물인가 분노인가 자유인가
아아 지리멸렬한 사랑의 폭발인가

선지피

"⋯⋯ 우리는 보고 들은 것을 말하지 않을 수가 없습니다" 하고 대답하였다. 그들은 ⋯⋯ 두 사도를 처벌할 도리가 없어 다시 한번 경고하고 나서 놓아주었다.

_4장 20~22절

그때 온몸으로 그대 흩뿌리던 피가
해장국 속을 둥둥 떠다닌다
밤을 새운 새벽 작살낸 것은 소주뿐
혼탁한 늘 그때 마지막으로 부릅뜨던 그대 눈동자 두 개
떠다닌다 똘똘 뭉쳐진 것들은 똘똘 뭉쳐서
우리를 노려본다
우리는 아직도 세상이 변하리라는
희망을 버리지 못해서 괴롭다
혼탁한 것들은 온통 혼탁해져서 우리를 노려본다
지치고 토하며 얼싸안고 비틀거리다 찾아온 어둔 새벽 시
장 골목
그러나 번뜩이는 노동의 핏줄 근육들

어두운 얼굴 어두운 피곤

그러나 확실한 것은

이제 곧 아침이 온다는 것이다

그대가 마련한 아침

우리가 일어서야 할 아침

계엄령

대사제와 그의 일당인 사두가이파 사람들은 모두 사도들을 시기하여 들고일어나 사도들을 잡아다가 자기네 감옥에 처넣었다. …… "감옥문은 아주 단단히 잠겨 있었고 문마다 간수들이 지키고 있었는데 대문을 열어보니 안에는 아무도 없었습니다."

_5장 17~24절

거리에 짙게, 무겁게
깔린 어둠이
아직도 채 자라지 못한 내 설움의 키를
누른다
누른다
내 아주 작은 크기도 참을 수 없이
숨 막혀, 가슴 답답해
그러나 진땀 흘리며, 아직은 꼿꼿이 서서
나는 자꾸자꾸 등이 굽는다
돌아와 방문 잠그고 누워도
시름시름 등이 굽는

잠자리. 거리에 짙게, 무겁게
10미터 간격으로 좌악 깔린
어둠에, 어둠에.
아파트 옥상 위에 올라서 보면
강과 강변도로가 아득한 데서부터 나란히 바로 발밑에까지
닿을 듯, 이어져 있고
어지러이 나와 내 투신(投身) 사이를 가로막고 넘실대는
벽을 밀면 아파트 전체가 기울어져 고스란히
넘어가버릴 것만 같아 현기증 난다
아내는 밤마다 잠을 설쳤다
용서해줘요, 안 그럴게요, 다신
전신이 땀에 젖은 잠꼬대 속에서
아내도 알고 있다는 말일까?
우리는 미친 듯 되풀이했다 사랑을
밀어도 밀어도 아파트 벽은 넘어가지 않았다
사랑도 수상한 사랑 밤은 그 은밀스런
밀고의 밤.
아내는 밤마다 잠을 설쳤다

아내는 알고 있다는 말일까?

사랑은 아픔의 단비였을까? 죽죽 내리는 땀

새벽은 오고 있을까, 이 완강한 어둠에 갇혀?

밀착된 얼굴의 밤. 증명의 밤.

이처럼 끌려간 동지 소식

깜깜한 밤에

어느날 갑자기 서부이촌동 서민아파트 7층 꼭대기

온 동네는 깜깜절벽이더군

어둠은 완장을 두르고

비로소 어둠 속에서 고함을 지르더군

불 꺼라! 불 꺼!

잠시밖에 우리는 놀랄 필요도 없었어

후다닥 엉겁결에 무드 등불까지 끄면서

우리네 세상은 애당초 새까맣다는 것을

나는 창문 열어젖히고 확인할 수 있었으니까

무심히 피곤한 별 몇 개 흘러가는 한강

남은 것은 없었어 오로지 가슴에 치미는 불꽃 한 덩이

진실로 진실로 귀중하다는 것을 알았어

이제 온 세상은 군밤 장사 남폿불마저 꺼지고

하마터면 저 하늘의 별빛까지 위태할 뻔했던 이 밤

이름 모를 고함 소리만 도처에 잠복해 있는 이 밤

이제 우리는 어둠 속에 깨인 눈으로

어둠 안에서 깨인 눈으로

어둠의 실체를 실물로 보고 있었어

슬플 것은 없었어 잠시 포근했을 뿐

그리고 소스라쳤어

그리고 사랑했어 뜨끈뜨끈한 몸을 휘감고

오로지 가슴에 남은 불꽃 한 덩이

진실로 진실로 헤어져 있는 사람들을 잇고 있는 밤

네온사인에 눈동자에 컬러텔레비전에 속지 않는 밤

깜깜한 어둠의 아가리에 질겁을 하면서

그래도 그래도 아는 것이 힘이다

모르는 것이 약은 아니다며

우리는 우리의 깜깜 무인지경 속을 양팔로 더듬으며

껴안을 비명 소리를 찾아다녔어

그리고 그리고 어둠이란
정말 지긋지긋한 거라고 생각했어
그리고 열렬히 열렬히 사랑을 했어

이때 스데파노가 성령이 충만하여 하늘을 우러러보니 하느님의 영광과 하느님 오른편에 서 계신 예수님이 보였다. 그래서 그는 "아, 하늘이 열려 있고 하느님 오른편에 사람의 아들이 서 계신 것이 보입니다" 하고 외쳤다. 그러자 사람들은 크게 소리를 지르며 귀를 막았다. 그리고 스데파노에게 한꺼번에 달려들어 성 밖으로 끌어내고는 돌로 치기 시작하였다. 그 거짓 증인들은 겉옷을 벗어 사울이라는 젊은이에게 맡겼다. 사람들이 돌로 칠 때에 스데파노는 "주 예수님, 제 영혼을 받아주십시오" 하고 부르짖었다.

_7장 55~60절

비

빗줄기 쏟아져

행인들 마구 흩어지다

세종로 국회의사당 별관

최루탄처럼

펼쳐진 생애의 아스팔트

찢겨진 광목폭 깃발 위에 핏자욱

눈부신 태양 여름날

아닌 밤중

번져가는 비명 소리

입가에 핏방울

위에 마구 소낙비

"형제들이여! 우리들에게로 오라! 그리고 다 같이 행진하
자! 북의 형제들과 함께 광휘로 가득 찬 조국의 내일을 토의
하기 위해 남북학생회담의 광장으로 나오라! 역사는 이 순간
우리들의 편이다. 가자! 북으로, 오라! 남으로, 만나자 판문
점에서."

_1961년 5월 3일 서울대 민통련 대의원총회 선언문에서 인용.

하기식

우리들은 일어섰는가 광장에서 사무실에서
일어섰는가 종로 일가에서 술집에서, 태극기는 휘날리고
무너져야 할 것은 왜 무너지지 않는가
우리들은 일어섰는가 밥벌이 취직자리 여자의 사랑 몇 마디
그리운 것들 그리운 향기에 끝까지 연연해했는가 부정부패
인권유린은 판을 치고
우리들은 이렇게 일어서 있는가
정지된 거리여, 오오 서 있는 사람들이여
우리들의 사랑은 발길을 멈추고 녹이 스는
서로가 썩어가는 참호전인가
평화인가 태극기는 흩날려, 쓰러지며, 찢어져라, 펄럭여대
는데
땅속에 발가락 옴짝달싹 처박고 이대로 이대로 선 채
우리들은 일어섰는가 너는 너대로 나는 나대로
얼굴을 돌렸는가 자유여 참상이여
언론이여 위대한 표현 정신이여
인산인해여 신문을 든
떨리는 두 팔이여 빛나는 눈동자여

잔디 태우기

이른 봄 아닌 밤중에 불볕 잔디 탄다
탄다 탄다 돌아온 교정에 잔디 탄다

솟구쳐, 쓰러지는 잔디의 키!
바닥을 핥으며, 다시 치솟는 봄의 불길!

이른 봄 아닌 밤중에 불볕 잔디 탄다
탄다 탄다 돌아온 교정에 잔디 탄다

솟구쳐 쓰러지는 우리들의 몸!
바닥을 핥으며, 다시 치솟는 우리들의 혀!

망연히 찢긴 강물 위에
치솟아 울리는 꽹과리 위에
피 묻은 깃발 위에
탄다 탄다 돌아온 교정에 잔디 탄다

절망노래

아무래도
제 모가지는
머리칼 끝에 걸린 한낱
땡볕의 빈혈 그 사소한 무게마저도
배겨날 힘이 없는 것 같아요
아무래도 제 모가지 속 뼈의 계단은
찢어진 사랑의 승천 그
마른 번개만큼의 헛된 무게도
견디지 못해 부서져 내릴 것 같아요
그 기나긴 단식의 복도

누가 제 손바닥에
시원한 피 솟는 바람구멍 뚫어주셔요
제 절망이 마지막인 것처럼
이 현기증을 무마시키면 안 된다는 듯이
누가 제 발바닥에
시원한 피 솟는 바람구멍 뚫어주셔요

비참함이 힘이잖아요 그 피눈물

아버지 아버지…… 아버지? 아버지!

소망노래

모두가 당신 뜻대로 되었습니다
그대를 그렇게 괴롬받게 하고
괴로운 우리들을 모이게 했던 운동장에서
어둠은 저편으로 물러나고
지금은 낙엽이 바람에 뒹굴고 있는 것이
선명하게 보입니다
모두가 당신 뜻대로 되었습니다
지금 삼천리 방방곡곡에 뿔뿔이 흩어져
모두가 당신 뜻대로 되었다고 할 때입니다
아주 깊은 산골짜기에 핀 아주 보잘것없는
꽃이파리 하나에까지
우리가 걸어온 그 오욕의 발자욱 하나에까지
시름시름 몸살을 앓던 애틋한 사랑
함성 소리가 있었습니다
비명 소리가 있었습니다
그러나 모두 당신 뜻대로 되었습니다
어둠은 사라져버렸습니다
낙엽이 바람에 뒹구는 이 계절에

죽음의 연습이 시작되는 이 계절에
더욱 생생하게 쓰러진 낙엽은 온몸을 뒤채이고
휘날리고
모두가 당신 뜻대로 되었습니다

신경통을 위하여

사울은 스데파노를 죽이는 일에 찬동하고 있었다. …… 한편 사울은 교회
를 쓸어버리려고 집집마다 돌아다니며 남녀를 가리지 않고 끌어내어 모
두 감옥에 처넣었다.

_8장 1~3절

내 등 뒤에서 신음하는

한 나라의 신경통을 진압하기 위하여

나는 오늘 내 등덜미를 사정없이 후려친다

자명한 논리는 자명한 데로 치고

자명하지 못한 신경통은 그렇지 못한 데로

손이 안 닿는 곳은 아내의 약한 주먹으로 아내 힘이 못 미
치는 곳은

손에 잡히는 몽둥이로 사정없이 두들겨

내 등의 어중간한 입장은 몽둥이에 두들겨 맞는다

그래도 멎지 않는다 갈겨도 갈겨도 신경통은 못 살겠다고
쑤시고 진압되지 않고

왜 신경통은 도망을 다니냐 이곳을 치면 그런 것 같기도

하고

    다시 딴 데가 쑤시고 마침내 마침내 시원히 내가 내 몸을
갈기면

    쫓기고 쫓는 몸이 한데 멍들고

    눈물이 핑 돌도록, 양팔이 마비되도록

    그래도 신경통은 날씨 궂은 날이면 다시 살아나

    왜 신경통은 자기가 신경통이라는 사실을 참회하지 못하냐

    한 나라의 반란처럼

    폭력으로 다루면 안 된다는 듯이

    신경통은 아직도 내 손이 닿지 않는 등 뒤 한구석에서

    오히려 몸 하나 제대로 간수 못 하는 내 양심을 준열히 꾸
짖으면서

    잡힐 듯 말듯

    그러나 생생한 것이냐

    아아 어중간한 폭력이냐 끈질긴 사랑이냐

    폭력의 사랑이냐

무교동에서

"사울아, 사울아, 네가 왜 나를 박해하느냐?" …… "당신은 누구십니까?"

_9장 4~5절

쥐새끼만도 못한 인생이라고 그랬지
개돼지 신세만도 못 된다고 그랬다
언놈이랑 무슨 술을 어디서 처먹었는지
현기증 나서 개지랄같이 빙빙 도는 무교동
그런데 행주치마에 눈물 콧물 얼룩진 전주집 간판 아래 유
리창 속에서
돼지머리 하나 번질거리며 부유하게 웃고 있었다
중국 항일운동 기념 사진첩
만주 항일비적의 효수된 머리처럼
우리나라 어느 시골 사람들은 돼지를 잡을 때 간지럼을
시켜서 웃으면서 죽어 돼지가 맛있는 고기를 남긴다고 하
지만
그날 그 무교동에서 돼지만도 못한 내 목덜미를 친
그 웃음의 도끼날은
무엇이었을까 죽음이었을까 갑작스러운 오복 중의 하나

초췌한 의병장 효수당한 머리칼과 감긴 두 눈과는 달리

돼지머리는 내가 그를 씹어 삼켜도 웃고

새우젓에 찍어 들고 그와 함께 따라 웃어도 마냥

그렇게 유들유들 웃고 있었는데 어떤 저질러진 역사

내 뒤통수를 쳤을까 무엇일까 역사책 속에만 있는 줄 알

았던

그 효수의 역사가 다시 살아나

바로 내 눈앞에 내 코앞에서 다시 저질러질 것 같은

예감, 돼지머리는 내가 그렇게 빤히 들여다보아도 상관없이

그냥 그렇게 복스럽게 웃고 있었지만

또다시 버팅겨 서는 피울음의 역사 앞에서

지나간 역사책 속의 사진은(물론 그들은 모두 비참하게 죽

어갔으나)

어떤 한 세대를 흡족히 감당해냈다는 듯이

술 취한 무교동 개돼지 쥐새끼만도 못한 우리들의

뒤통수를 언제라도 갈기겠다는 듯이

다시, 꽃

사울은 땅에서 일어나 눈을 떴으나 앞이 보이지 않았다. 그래서 사람들
이 그의 손을 끌고 다마스커스로 데리고 갔다.

_9장 8~9절

아직은 내 곁에 둘 수도 없고
버릴 수 없네, 꽃은 새가슴 새근대는 향기를 지니고
연약한 허리, 하얀 허벅지를 지니고
흔들려, 속 이파리째 파르르 떨리는 동안
흔들려 흔들려 참을 수 없이
그러나 내게는 땟국 젖은 입술이 있어
갈라져 두터운 손바닥이 있어, 사내의 털 난 가슴
거칠은 호흡, 열매를 바라는
숨 가쁜 욕망 피비린 혁명이 있어
꽃에게 줄 것은, 순식간에, 짓눌러 부숨.
그러나 꽃과 나 사이엔 빼앗긴 식민지가 있어
분내 나는 프랑스가 아메리카 성병이 있어
칼날 숨긴 유혹과, 도취와, 타락과, 메스꺼움과, 아름다움

과, 지배, 피지배

　아아 왈칵 쏟아질

　하룻밤 영등포 밤거리 푸줏간처럼 시뻘건 홍등가

　반역의 속창자가 갈비뼈를 송두리째 부수는

　부수고 피 엉긴 채로 달려가고 싶은

　한 나라의 설움을 아스라져라 껴안듯이

　그러나 다치지는 않게

　그러나 상처받지는 않게, 꼬옥 품에 안듯이

　쏟아지는, 무너져 내리는.

몸살에 대하여

"사울 형제, 나는 주님의 심부름으로 왔습니다. 그분은 당신이 여기 오는 길에 나타나셨던 예수님입니다. 그분이 나를 보내시며 당신의 눈을 뜨게 하고 성령을 가득히 받게 하라고 분부하셨습니다." 그러자 곧 사울의 눈에서 비늘 같은 것이 떨어지면서 다시 보게 되었다. 그는 곧 자리에서 일어나 세례를 받은 다음 음식을 먹고 기운을 회복하였다.

_9장 17~18절

작년 치 남은 몸살이 있나 보다
잃어버렸던 수많은 모습들이 다시 형체를 갖추어
내 앙상한 손가락 사이로 빠져나간다.
화려한 춤을 추며 빠져나가는 것이
그들은 흡사 내 눈물을 강요하려는 듯
아직 헤어지지 못한 키 작은 그림자들이
내 가녀린 고막 내게 가까운 쪽에서
때늦은 바람으로 변하고 있다
바람은 계속 소리로 변하고 있다
그것은 아주 희미한

비명 소리

문득 세상은

버릴 것이 하나도 없어 보인다

봄날의 이른 아침 풀밭처럼 땀 식은

내 오래된 몸살의 이마 위

다 자란 노랑애벌레의 이슬 먹은 모습이

아주 가깝고 예쁘고 소중하다

문득 세상은 버릴 것이 하나도 없어 보인다

작년 치 남은 몸살인가 몸살은

이렇게 빚쟁이처럼 매년 와서 미안하다고 한다

그리고 몸살인 채로 그냥 일어서라

일어서라 그냥

함께 가면 된다 한다

내 몸은 온통 풀내음에 신음 중

바람은 계속 소리로 변하고 있다

그것은 비명에 섞인 함성 소리이다.

제3부 베드로와 바울

강노래
―― 베드로의 말 · 하나

물 위에 떠 있는 것들을 바라보라

흘러가는 것은 덧없고

흘러감 위에 행여 햇빛 반짝일지라도

떠 있음은 더없이 덧없음을 바라보라

핏줄 세워 눈 신경 곤두세우고

부릅떠, 떠 있는 것들이 흔들림

바라보면 떠 있는 것은 오히려 나뿐인 것같이

내가 두 눈 부릅떠 내 자신을 바라보듯이

흐려져 시야에 보이지 않고

감당하지 못하고 그러나 바라보라

떠 있는 것 모두 사라지고 덧없는 것 모두 보이지 않는다

그제사 선명하게 시력에 와서 부딪치는

물결 아아 밀려 들어오는 물결을 바라보라

물결은 우리 생각보다 훨씬 더 과격해 보인다

물결은 우리 생각보다 훨씬 더 거대해 보인다

흘러갈 것 다 흘러가면 이제사 보이는

어떤 흙과 노동과 근육의 역사처럼

물결은 정지해 있기도 하고 흘러가기도 한다

박제된 해일처럼 우리 시야를 때리는
흘러감의 고요를 바라보라
고요함의 진상을 바라보라
진상의 변치 않음을 바라보라
변치 않음의 흘러감을 바라보라
아아 흘러감의 벅찬 감격을 바라보라

잠수교
— 바울의 말 · 하나

집중호우로 잠수교는 잠기고

아무것도 아닌 내 앞에서

진실은 위태롭구나 언제나 목전에 임박해 있는 공룡시대

어떤 거대한 것이 물 표면에 끔찍한 등덜미를

드러낼 듯 말듯

흙탕물 위로 넘실대는 파도 위로 간신히 솟아오른

철근은 진실이 부서진 잔해처럼 보인다

숨어 있을 때

진실의 얼굴은 흑백이자 피투성이다

장마 그치고

어둠 그칠 때까지

진실은 두려웁다 먼 옛날 트로이 유적처럼 소름 끼치는 역사

붉덩물 난리통 속 그 꿈틀대는 음흉함처럼

위태로웁다 오 내 맘 들뜨고 또 떨림이여

햇볕에 활짝 드러날 잠수교여 누가

진실을 스스로 감당한다 하겠는가 진실은

스스로 진실의 음험한 몰골에 저렇듯

흔들리고 있지 않은가

비노래
— 베드로의 말 · 둘

멀리 있으나 그대가 내 품에 깊이 파묻혀

밤을 새워 곱게 거칠게 파고 묻어논

그대의 세찬 울음 비가 내린다

빗속에서 흔들리는 그대의 모습

흔들려 흔들려 내 슬픔을 파헤쳐놓는

칼날 같은 그대 울음의 홍수, 통곡의 붉덩물

흘러가도 내 품에 깊이 파묻힌

그대의 눈물 콧물 얼룩진 얼굴

오늘 비 내리고 온몸 축축히 젖으며

온몸이 온몸 축축함을 주체 못 하고

축 늘어진 어깨에도 걸리는 그대 울음의 무게

통곡의 무게 머리칼의 무게 눈앞에 흐려진

시야의 무게 흔들림의 무게 쓰러짐의 무게

멀리서 멀리서 무너져 내리는

그대의 고운 그러나 난자당한 모습

아름다운 그러나 잔인한 추억의 무게

쏟아지는 비 그대 벅찬 아픔의 무게

그대는 멀리 있으나

쓰러진 그대는 항상 내 곁에

적나라한 비극이다

이 풍진 세상을 만났으니
—— 바울의 말 · 둘

세상한테 한번 멍석을 깔아봐라

세상의 습기는 물론 우리의 마른 양심보다 거대하지만

아직은 곰팡이 슬게 하지 않는다(너는 벌써 내 말을 오해)

그대가 깡마른 나뭇가지에서 축축한 살덩어리로 변해가는

　기나긴 동안 빼앗김에 대해서 나는 눈물 한 방울 흘리지

않는다(너는 벌써 화난 표정)

생각해보라 생각해보라

우리네 이 축축한 살림살이에 눈물 한 방울 보탤 한 뼘의

마른땅이 남아 있는가 우리의 양심 우리의 불타오름으로도

세상은 세상일 뿐 변하는 것 하나도 없고

그대는 어느새 눈물 글썽이고 있지만

그대의 눈물 글썽임 우리의 눈물 한 방울 아낌으로 세상은

홍수를 모면하고 있다

하면 누가 세상을 세상답게 살아가고 있는가

눈물인가 눈물 한 방울 아낌인가

어쩔 수 없어 그대에게 발붙일 곳을 주지 못하는 세상에게

한번 멍석을 깔아봐라

설움 많고 한 많고 겁 많은 세상

그러나 원한 앙칼진 세상
세상은 생각보다 그대를 많이 닮았을 게다
세파에 시달려 뼈다구만 똘똘 뭉친
그대의 말라 비튼 쭉쟁이 눈물짓을

세상 또한 스스로 세파에 시달린다

산노래
— 베드로의 말 · 셋

아아 저 북한산

눈에 휩싸인 북한산

발꿈치부터 조금씩

무너져 주저앉는 북한산

몸 떨려 저 거대한 허물어짐은 아아 저 북한산

거센 울음 떨치며

울음 딛고 눈 덮인 온몸을 터는 북한산

무너지는 온몸을 딛고 버팅겨

부르르 떨며

부스스 다시 일어서는 북한산

근육 심줄 불끈불끈 솟은 북한산

일어서기 위하여 가장 초라한

솟구치기 위하여 가장 가여운

제 몸의 바탕을 허무는 북한산

온몸 버팅겨

두 눈 부릅떠

눈 속에서 눈보라 속에서도

푸르름 다시 일깨워 서는 북한산

몸 떨려 세상은 온통 눈보라 속에 휩싸이고

휩싸임 속에 잠들고

아아 다시 보이는 더 짙푸르게 보이는 북한산

눈 내린 풍경
— 바울의 말·셋

오오 어느 날 불현듯 산더미처럼 쌓인 눈 속을
여고생 둘이서 재잘대며 미끄러지는
어마 닥터 지바고
그러나 그런 영웅은 일상생활과 무관해
새하얀 눈 밑에 깔린 신음 소리 눈 녹은 곳마다 드러나는
아스팔트는 흉한 검정색이지
헐벗은 사람들 제 살갗을 좀더 추위에 내놓고
떠는, 눈 녹은 진창에서 쓰레기처리장 폐유깡에 군불 피우고
구멍 뚫린 막장갑 시린 손 호호 불며 숯 검댕이 얼굴
어마 닥터 지바고
그러나 너는 그 위대함의 정체도 잘 모르고
서양 문명과 닥터 지바고를 오해하고 있어 혁명의
냄새도 변절도 모르고 그 대륙성의 의미도 모르고
다만 총천연색 컬러텔레비전쯤 되면 만사·오케이.
그러나 아직 이곳은 흑백시대 약소한 한반도 남쪽
새하얀 눈 속에 더욱더 드러나는
누더기, 빈부의 차, 이 계절에 더욱 따스한 가난의 숨결
숨결의 피비림.

지하도에구세군악대화려한금속성찬송가들리고명동에는
눈먼부부가수두쌍가거라삼팔선운다고옛사랑이아암자그만
고통이수없이모이면더욱위대해거대해처참해확연해

오오 산더미같이 쌓인 눈. 우리들의 오만.

우리들의 작업. 눈 쓸기. 드러내기. 서로 부둥켜안기. 더러
움과 하나 되기.

그리고. 그리고……?

롤러스케이트장에서
— 바울의 말·넷

아이들이 롤러스케이트를 타고 있다

스스로를 돌려 롤러스케이트를 탄 아이는 앞으로 나아가고

가면서 둥그렇게 비닐 쳐진 원을 돈다

나는 아직도 롤러스케이트를 탈 줄 모른다

아직도 세상이 돌고 돈다는 이치를 깨닫지 못한 것일까

그랬더라면 이렇게 해가 저물 때까지

번화한 영동네거리 네온사인 빙빙 돌 때까지 안달을 하고

서서

아이들이 롤러스케이트를 타는 것을 보고 있지만은 않을

것이다

제 몸무게 하나 주체 못 하고

내 발은 왜 아픈가 아이들이 어둠 속에서

희미한 형태로 롤러스케이트를 타고 있다

탈수록 원을 그릴수록 밤하늘 어둠 깊어만 가고

발길을 옮기지 못하고 빠져드는 발바닥의 아픔 속에서

세상이 빙빙 돌도록

아이들이 롤러스케이트를 타고 있다

왜 내 발은 이리도 아픈가

떠남의 아픔인가 머무름의 아픔인가?

충동인가

결단인가

버림인가 온통 껴안음인가

아직도 자리를 뜨지 못하는 내 구둣발 끝에

유난히 날카로운 어둠 한 자리

이슬 묻은 생채기를 긋다

아들노래
— 베드로의 말·넷

아들아 아들아 다 자란 내 아들아
겨울이 오고 미친 바람이 불고
모두 휩쓸려간 황량한 벌판의 끝에 서더라도
마침내 겨울이 오고 계절이 뒤바뀌는
역사의 순환논리에 너는 귀 기울이지 말거라
네 몸이 겨울이 될지언정
네 팔이 폭풍에 마른 가지처럼 뚝뚝 부러질지언정

아들아 아들아 다 자란 내 아들아
사랑이 오고 생활이 오고
품에 안은 네 여자의 자궁처럼 진실이 추해 보이더라도
역사와 시대의 종말과 고통의 선례에 대해 수군대는
못난 늙은이들 귓속말에 너는 귀 기울이지 말거라
네 몸이 겨울이 될지언정
네 팔이 혹풍에 마른 가지처럼 뚝뚝 부러질지언정

아들아 아들아 다 자란 내 아들아
내가 누리는 순간 속에 차조와 죽음과 부활이

그리고 구원이 동시에 있으나
역사는 앞으로 앞으로 진보할 뿐이다
내가 죽고 나의 혁명인 네가 또 죽더라도

아들아 아들아 끌려간 내 아들아
아들아 아들아 끌려간 내 아들아

이별노래
— 베드로의 말·다섯

잊지 못하리 못내 그대의 젖은 눈망울

때 묻은 붕대 묻어나는 피고름

살아 있음의 오랜 상처

잊지 못하리 못내 그대의 젖은 눈망울

눈물에 타는 눈썹 남은 살덩이 치 떨려

목쉰 목숨만 거칠게 남으리

나는 그대를 부르네 치명적인 그대의 슬픔을

나는 그대를 부르네 내민 손끝을 타오는 설움으로

버리며 사랑하는 아픈 길

맡겨진 삶의 소름 떠는 잔칫밤

나는 그대를 부르네 그러나 그대 사로잡으면 내 품에

사로잡히지 않으리

그대의 기침이여

기침의 테러리즘이여 그대의 광활한 가슴이여

그대를 그토록 광활하게 한

온 세상 풍파의 정체여

잊지 못하리 못내 그대의 젖은 눈망울

그 젖은 눈망울 잊지 못함으로

내 평생을 가리라. 버리며 사랑하는 아픈

척박한 조선의 길

이별노래
— 바울의 말 · 다섯

그대 만남에 당한 내 타는 살갗의

향긋한 허물 벗겨짐

헤어지는 마당엔 뜬소문도 없지만

아름다운 것은 그래도 한꺼풀로 남는다

우리가 경험한 모든 것

만남의 불사름과 만남의 홍수

만남의 회복기와 만남의 상처

잠겼던 눈 뜬 사이에 세상은 그리도 많이 변했지만

모든 건 조금씩 타다 만 껍질로 벗겨져 있다

소생하라 부디 번식하라

헤어지고 또 헤어지는 이 공복 이 갈증으로

세상은 의미 없는 아우성만 남고

너와 나를 잇는

다시 만날 소망뿐이구나

다시 만날 소망뿐이구나

한편 요빠에는 다비타라는 여신도가 살고 있었다. 그 이름은 그리스 말
로 도르가, 곧 사슴이라는 뜻이다. 그 여자는 착한 일과 구제 사업을 많

이 한 사람이었는데 그 무렵에 병이 들어 죽었다. 그래서 사람들은 그 시체를 깨끗이 씻어서 2층 방에 눕혀놓았다. 리따는 요빠에서 가까운 곳이어서 베드로가 리따에 있다는 말을 들은 신도들이 그에게 사람을 보내어 지체하지 말고 와달라고 청하였다. 그래서 베드로는 곧 그들을 따라나섰다. 베드로가 요빠에 이르자 사람들이 그를 2층 방으로 안내하였다. 과부들이 모두 베드로에게 몰려와서 울며 도르가가 살아 있을 때에 만들어두었던 속옷과 겉옷을 보여주었다. 베드로는 사람들을 방에서 모두 내보낸 뒤 무릎을 꿇고 기도를 드리고 나서 시체 쪽으로 돌아서며 "다비타, 일어나시오" 하고 말하였다. 그러자 그 여자는 눈을 뜨고 베드로를 바라보며 일어나 앉았다. 베드로는 그 여자의 손을 잡아 일으켜 세웠다.

_9장 36~41절

사랑노래
— 남자가

보이는 것은 어둠
보이지 않는 것은 어둠의 열기.
밀림.
먼 데서부터 그 중간으로
헤쳐도 헤쳐도 해진 옷깃에 걸리는
칡넝쿨
손.
그 수줍은
바람의 가시.
또한 머무를 수 없게 만드는

장마노래
─여자가

허름한 옷가지 위에 장맛비
그러나 당신은 제 걱정에 젖은
축축한 속옷도 괜찮다 괜찮다시며 떠나셨지요
드린 것은 밤새워 적신 베갯머리맡
습기뿐
당신이 타면 저는 젖고
긴긴 밤새 홀로 시름으로 여민
제 젖은 내장의 내복도
당신은 따시다 따시다시며 떠나셨지요
허름한 옷가지 위에 장맛비

사랑노래

그대를 만나는 것은 항상
그 깎아지른 만남의 현기증입니다
한 치의 잘못 디딤에도 발밑
무수한 돌멩이 굴러 내리는 소리!
텅 빈 내장 속에 가난한
아픔의 먼지까지도 바란다 합니다
버려진 가슴 한구석에 녹슨
누추한 과거까지 바란다 합니다
낭떠러지 위에서
겁 먹지 마셔요 그대,
만남은 항상 과격한 것
살아남기 위하여
사랑은 또 다른 혁명을 낳느니
그대, 만남의 체위는 항상 연습일 뿐
다만 중간쯤만 되는 연습일 뿐.

가을노래

여름은 강렬했습니다
제 알몸을 태우고 처녀성을 태우고
가슴에 남은 한 가닥 지푸라기 같은
욕심마저 태워버렸습니다
풀잎에 가을바람이 붑니다
바람에 해맑은 정신이 씻겨집니다
기다림의 햇살 같은 때 벗음이여
가을의 만족스런 열매됨이여
그러나 그대
발설하셔요 그대
그대가 간직한 혼탁한 호흡을 다시
번잡한 삶의 헐벗은 비명 소리를 다시
허기진 사랑의 비명 소리로
너무 맑은 정신이 두렵습니다
너무 차가운 겨울이 두렵습니다
너무 이별인 세계가 두렵습니다
너무 해탈인 육신이 두렵습니다

우리가 따로따로 몸을 챙기는

흙노래

내가 살던 목숨의 감자밭
더럽혀진 생애 흙이여 척박한 젖가슴이여

우리 아무것도 되지 못하리 흙이여 더럽혀져
열린 육신이여
흙은 눈앞을 꽉 찬 눈물 속에서
무너지고, 흩어지고, 악취 나고
우리 일용의 양식을 거두지 못하리
그러나 흙이여 어머니여 썩어감의 구원이여
움직이지 않는 선동이여
조국의 검은 미래 대낮의 학살이여

그러나 흙이여 여름날 우리가 그대 가슴에
쓰러져 토해낸
핏덩이 또한 썩을 때
썩어서 거름이 될 때

우리 갈수록 흙이 되는 사랑으로

우리 갈수록 열매가 되는 사랑으로
피비린 풍요로움의 운동으로
바라보리, 아직 씨 뿌리지 않은 마을 벌판

우리 두 눈에 꽉 차리 아아
어머니, 대지 위에 펼쳐진
땀 흘린 사랑의 풍경

흙이여, 핏발 선 육체여, 죽음이여

갈수록 흙이 되는 사랑
갈수록 노동과 근육과 힘과
함성이 되는 사랑

흙이여, 싸움의 어머니여

내가 살던 목숨의 감자밭
버려진 생애 흙이여 메마른 자궁이여
부끄럽지도 않으리 이제 우리 사랑함으로

우중결혼식노래
— 여럿이서

그대 가슴도 울음 참지 못하고
간신히 둘이서 돌아서 있는 우중결혼식
비는 유리창 밖 흔들리는 나뭇가지 사이로 내리고
또한 나란히 돌아선 그대 출렁이는 어깨 사이에 내려
퍼부어 적신다, 사랑이여 기다림이여

숨죽여 참지 못하고
그대와 우리들 사이 모든 빈틈으로 파고들어 와
으시시 몸을 떠는 이 떨림으로
그대와 우리를 힘주어 껴안게 하는 우중결혼식
그대들 축축한 두 눈도 반짝여
축축함 속에서 반짝이는 그대 사랑이여 갈 길이여
빼앗겨도 빼앗겨도 다시는 숨길 수 없는 사랑
이제 마주 보지 않고 둘만 보지 않고
모든 것을 받아들이는
모든 것이 갈 길인
습기 찬 슬픔마저 축복인 그대
우중결혼식

서울길

"빨리 일어나라." …… 그러자 곧 쇠사슬이 그의 두 손목에서 벗겨졌다. "허리띠를 띠고 신을 신어라," …… "겉옷을 걸치고 나를 따라 오너라," …… 그들이 첫째 초소와 둘째 초소를 지나 거리로 통하는 철문 앞에 다다르자 문이 저절로 열렸다. …… 천사는 어느새 사라져버렸다. 그제야 베드로가 정신이 나서 "나는 이제야 사실을 알았다……" 하고 말했다.

_12장 7~11절

서울길은 뻔뻔한 탄탄대론 줄만 알았었다
서대문 독립문서 일본제국 중앙청 오는 길 그 음산한 두 눈의
횡 뚫린 턴넬이 나는 싫어
그러나 뒷길로 가면 사직공원 올라가는 뒷골목길은 이조시대
꼬불꼬불 구절양장 앞이 안 보일 듯
그러나 항상 닿아 있고 갈라져 있고
가파르고 그러나 무리하지 않고
구멍가게 노인네들도 서울 사투리도 꾸불꾸불

불쑥불쑥, 도처에, 그러나 다정하게
'여리로 사뭇 올라가 바아, 옛길이 빠르긴 빠를껴,
가다가 샛길 나는 데서 다시 물어 바아'
아 서울길은 탄탄대로에 밀려
숨죽여 울고 있다 얽혀 있다 따스하게
우리네 꾀죄죄한 생활사처럼
어떤 조직적인 뇌신경처럼
가파르되 가쁜 숨 넘을 정도는 되고
이어질 듯 끊어질 듯
쫓기는 자에게 열리고
쫓는 자에게 닫히는
이 길은 정답지만 은밀하다
이 골목은 좁지만 넉넉하다
우리의 가난은 헐벗었으나 풍요롭다
어떤 눈물 앙칼진 삶의 뿌리
어떤 외국 나라 총칼 잡은 군대라도
짓밟힌 것은 탄탄대로뿐
아아 끝없는 잠행의 밀림은 서울길에도 있다.

감격스런 울음을 위하여

우리는 그곳 사람들과 함께 바울에게 예루살렘으로 올라가지 말라고 간
곡히 권하였다. 그러자 바울은 "왜들 이렇게 울면서 남의 마음을 흔들어
놓는 겁니까? 주 예수를 위해서 나는 예루살렘에 가서 묶일 뿐만 아니라
죽을 각오까지도 되어 있습니다" 하고 대답하였다.

_ 21장 12~14절

여기는 아직 약소민족의 나라
이별이 쉽고 사랑이 쉽고 미움이 너무 쉽다
추위가 쉽고 철책선이 쉽고 가시철망에 묻은
피 묻은 살점이 너무 쉽다
눈발 펑펑 쏟아지는 사계청소 지뢰 철거 작업을 끝내고
조립식 막사 내무반 화목 페치카에 둘러앉아 졸린 눈으로
그러나 우린 아직도 이 세상의 살벌함에 대해 잡담을 한다
흙 묻은 훈련화로 숯검댕이 얼굴로 두터운 방한복으로
이 겨울에 우리를 감격시키지 못하는 것은
80원어치 연말연시 대통령 하사특식 국기게양대 밑에
색 바래진 채 버려진 독립유공자의 때묻은 장갑 역경을

딛고 일어섰다는 신진 재벌의 입지 성공담 그러나
우리는 감격하지 않는다 평행으로 마구 휩쓸려가는 눈발 속에서
이구동성 외칠 것 외치기 위하여
왜 뿌리 없는 감격은 된서리에 이내 시들고
분단이 되고 친일분자가 되고 소시민이 되는가
우리는 배웠다 인천부두에서 이태원 뒷골목에서
워싱턴에서 유엔에서 역사는 다만 되풀이되고 제국주의
프로권투 세계 챔피언이 나와도 그 기쁨이 왜 슬픈가
우린 감격하지 않는다 조간신문을 펼쳐들고 석굴암 신라 정신과
평생을 같이 살고 싶다는 저명한 외국 관광학자
감상문이 실린 문화면 톱기사에 온몸 부르르 떨며
무슨 철천지 원수나 되진 것처럼 못내
무슨 한 많은 인생이 비명에 간 것처럼 못내
감격하지 않는다
그런가?

어둠 속에서 시린 발들을 부르는, 부르는 소리 아침 한탄
강따라안개 · 단풍타는산 · 공비전쟁 · 조립식막사 · 판초우
의모포쓰고잠복 · 주먹밥 · 갈대밭 · 야간사격 · 보름달 · 이
마에 핏자욱

여기는 아직 약소민족의 나라

세차게 쥐어뜯는 눈발마저 평행으로 마구 흩날리는 철책선

남으로도 못 가고 북으로도 못 가고

가시철망에 묻어 썩은 피 엉긴 살점은 왜 망망바다를 향해
있는가?

손 들엇! 뒤로 돌앗! 암구호! 공비……? 아니면……?

이 떨리는 두려운 약소민족의 수하에

이별이 쉽고 사랑이 쉽고 미움이 쉽고 감격이 너무 쉽다

제4부 공동체노래

그 많은 신도들이 다 한마음 한뜻이 되어 자기 소유를 자기 것이라고 하지 않고 모든 것을 공동으로 사용하였다. …… 그들 가운데서 가난한 사람은 아무도 없었다. 땅이나 집을 가진 사람들이 그것을 팔아서 그 돈을 사도들 앞에 가져다놓고 저마다 쓸 만큼 나누어 받았기 때문이다.

_4장 32~36절

헤엄칠 수 있는 사람은 먼저 뛰어내려 육지로 가라고 명령하였다. 그리고 나머지 사람들은 판자쪽이나 부서진 뱃조각에 매달려 육지로 가라고 명령하였다. 이렇게 해서 우리는 모두 무사히 육지로 올라오게 되었다.

_27장 43~44절

"여러분은 오늘까지 열나흘 동안이나 마음을 졸이며 아무것도 먹지 않고 굶어왔습니다. 자, 음식을 드시오. 여러분은 머리카락 하나도 잃지 않을 것입니다……"

_27장 33~35절

바울은 셋집을 얻어 거기에서 만 이 년 동안 지내면서 자기를 찾아오는 사람을 모두 맞아들이고 아무런 방해도 받지 않고 하느님 나라를 아주 대담하게 선포하며 주 예수 그리스도에 관하여 가르쳤다.

_28장 30~33절

갈길노래 · 기다림노래

이만큼 사는 것도 꿈만 같아라
살아갈 일 하나하나 손꼽아 보면
눈물겨워라 우리가 끝내 버려야 할 것들

이 세상에 하찮은 우리 둘이서
여럿이서 해야 할 일들, 그리고
저 하늘 수많은 별들 속으로
사라져버리는 것 눈물겨워라

시간을 따져보며 손꼽아보는 일을
나는 아주 잘해요, 정말이에요
하루 해가 밝아오는데

야윈 그대는 그 머나먼
산 너머 물 건너에 있고
나는 밭둑에 투박한 손으로 앉아 있고
시간을 따져보며 손꼽아보는 일을
나는 아주 잘해요, 정말이에요
하루 해가 저무는데

해노래

해를 솟게 하자 저 산 저 젖가슴 속에서
해를 솟게 하자 저 바다 저 애기집 속에서
핏덩이 해를 솟게 하자 두 눈 부릅뜬
짤린 머리 해를 솟게 하자 머리칼 치렁한

우리가 손짓하지 않으면 해는 솟지 않으리
우리가 밭 갈고 씨 뿌리지 않으면 해는 솟지 않으리
우리가 피 흘려 근육으로 싸우지 않으면
우리가 헐벗어 알몸으로 사랑하지 않으면
우리가 함께 온 힘으로 밧줄 당기지 않으면
해는 솟지 않으리 해는 솟지 않으리

해를 솟게 하자 저 산 저 젖가슴 속에서
해를 솟게 하자 저 바다 저 애기집 속에서
금덩이 해를 솟게 하자 우리의 미래
아기 얼굴 해를 솟게 하자 우리의 희망

바다노래

그대 이제는 진정
이별의 바다가 아니라
만남의 거치른
세파의 잿빛 겨울 바다
땀과 소금의 바다
기름이 둥둥 떠 있고
수입곡물 하역하는 외국 상선 떠 있고
갯벌이 있고 주름살 찌든 아낙네가 있는
더러운 인천 바다
그러나 그것은 그대
내가 그대에게 드릴, 가슴속 아끼고 아껴두었던
내 목숨의 바다
내 생애의 바다
이제 다다름에
고단한 싸움 속에 갇힌 바다
그러나 노동의 바다
그대 이제는 진정
이별의 푸른 바다가 아니라

억센 노동과 질긴 핏줄의 바다
투쟁하는 공동체의 바다

보름달노래

보름달이다 여인네야 여인네야
우린 이리도 환하게 속살 드러내놓고
걱정의 마른버짐 피우며 살아왔구나
보름달이다 여인네야 여인네야
고향 마을 정자나무 실개천에 용이 나고
주름살 조리복소니 얼굴 펴며 웃는 보름달이다
솔잎 따서 송편 빚으며 여인네야 여인네야
긴긴 세월 참아온 눈물로 흩뿌려버린
가난의 강물 흐르는 보름달이다

여인네야 그대 허리를 가른 강 여인네야
떠밀려 떠밀려 살 오른 비수처럼 몸 던져버린
뺑덕어멈 여인네야 향단이 여인네야 미얄할미 여인네야
몸살 앓는 생넋을 건질 넋걷이 보름달이다
혀뿌리까지 타올라 춤출 보름달이다
여인네야 발기발기 상처로 해진 맨몸들아
우린 이처럼 밝은 이별로 보듬고 있구나 여인네야
그대는 그쪽 머나먼 곳에서

우린 이쪽 머나먼 곳에서

오 두근대는 못 살고 돌아갈 보름달이다

휴식노래

밤은 언제나 술렁거린다
생계비 키를 넘고 임금은 오르지 않는
노동자들의 밤.
밤은 언제나 술렁거리고
뼈가 시린 추운 날씨 솟구치는 고향 생각
쉴 새 없는 기아 수출 야간 작업 특별 잔업
하여 밤은 언제나 술렁거린다
백열등 밑에서 헝겊 더미 속에서
힘을 내라 흥부야 착한 흥부야
노동자들의 밤은 언제나 술렁거린다
재봉틀에 손마디 문드러지는 달 밝은 밤
졸림과 절망과 깜깜함의 밤이 지나면
피 흘려 싸우는 나라, 태양의 세상이 온다
그때는 눈부신 노동으로 온다
그때는 우리 그 착한 눈물과 땀과 피
그 황홀한 얼룩짐 밟으며 온다
밤은 언제나 술렁거린다
집채만 한 파도처럼, 산더미만 한 해일처럼

사랑노래

헤어지면서 헤어지면서
마구 두들겨대는
아아 내 품에 너의 갈비뼈
너는 말문이 막혀서
나도 말문이 막혀서
그러나 내 품에 너의 갈비뼈
네 품에 나의 갈비뼈
그 요란한
부딪치는 갈비뼈!

생일노래

우리가 어느 날 갑자기
밤하늘에 수많은 별 반짝이는 것 발견하듯이
그대의 생일은 순간의 깨달음으로 부딪쳐오나니
이제 별이 저렇게 환히 빛나는 만큼
그대는 건강한 몸과 마음으로 우리 앞에 서 있고
세월이 헛되이 부서져
그대와 우리의 조촐한 일생이
행여 오색찬란한 생일잔치 아니더라도
그대는 하늘에 너무 노여워하지 말라

그대의 생일과
그대의 건강함은
우리도 몰래 어느 날 반짝여대는 기쁨
별이 저렇게 수많음으로 반짝여대는데
행여 그대와 우리의 살림이
미리 준비되고 오래오래 기억되는 반만년 역사
길이길이 빛날 사건 아니더라도

그대여 우리의 착한 이웃이여

결혼기념노래

껴안으면 그대 한 줌도 안 되는
뼈만 남은 그대의 부드러움이여
가난함으로 내가 그대를
안타까워하기 훨씬 이전에
사랑하기 훨씬 이전에
그대는 벌써 세상 짠맛을 알아차리고
스스로 내 사랑함을 안타까워하노니
내 사랑함으로 그대의 얼굴 볼수록 까칠해지고
그대는 언뜻 한 보름쯤 세상 걱정과
세상 풍파와 격리된 듯했으나 그대여
우리의 보금자리는 맨끝에서
초라히 비바람에 이마를 드러내고
버텨 서 있으니
간직할 수 있는 것
간직할 수 없는 것
간직함의 보수성과
바퀴벌레와 연탄가스와
모든 공사판 망치 소리에 대하여

뼈만 남은 그대의 부드러움이여
아내여
깊고 깊은 울음으로도 채울 수 없을
그대의 광활한 받아들임을
나는 짐작할 수 없어라, 헤아릴 수 없어라

화장노래

태워라 어허이 한 많은 육신
한 사내의 죽음이 한 여자의 죽음이
차갑게 미움인 세계 녹일 수 있도록

태워라 어허이 축축한 습기
한 사내의 가난이 한 여자의 사랑이
기어이 이별인 세상 풀 수 있도록

태워라 어허이 뼈시린 한기
한 사내의 옥살이가 한 여자의 일생이
조촐한 우리네 소망 이룰 수 있도록

태워라 어허이 사무친 그리움
한 사내의 불길이 한 여자의 물길이
치솟아 흘러흘러 고향땅 밟도록

태워라 어허이 한 많은 육신
한 사내의 죽음이 한 여자의 죽음이

기어이 서러운 세상 재만 남도록
이제와 우리만 끼리끼리 남아
그대의 뜨거움에 펄펄 뛰고 있나니
타오르시라 활활 타오르시라

통일노래

우리는 이 땅에 땀내 나는 발 디디고 삽니다
기다림으로 아픈 발가락들이
억센 노동의 손가락 감싸고 한데 어울려
비린내 젖은 희망을 노래할 날 올 것입니다

우리는 이 땅에 피 묻은 발 버팅겨 싸우며 삽니다
어두운 수풀 속에서 시린 이빨들 빛나고
물기어린 눈동자가 이 참호의 도시에서
불켜진 창문처럼 빛날 것입니다

우리는 이 땅에서 어둠에 등덜미 찔리며 삽니다
어둠이 내미는 악수의 무게는
참으로 달고 무거울 것
그러나 우리는 어둠을 상처로 알고 삽니다

우리는 이 땅에 밭 갈고 씨 뿌리며
이 땅을 우리 아픈 몸의 일부로 삼고 삽니다
버림받은 슬픔이 인산인해 이루며

흩어진 사람들을 모을 것입니다
참으로 참으로
밝은 대낮은 화려하지 않습니다
진정한 만남의 기쁨은
눈물 콧물 피와 땀바답니다

우리가 두 동강 난 몸으로 사는 이 땅
우리가 두 동강 난 혼으로 사는 이 땅
우리 어서 빨리 흙을 본받아 통일해야 합니다
우리 어서 빨리 어머니 본받아 통일해야 합니다
우리 어서 빨리 헐벗음 본받아 통일해야 합니다
우리 어서 빨리 저 들판의 곡식 본받아
통일해야 합니다 통일해야 합니다

꿈노래

내 꿈은 조선땅에 뿌리를 내려라
내 꿈은 진달래밭에 뿌리를 내려라
내 꿈은 휴전선에 뿌리를 내려라
내 꿈은 오월 피밭에 뿌리를 내려라
내 꿈은 식민지 심장에 뿌리를 내려라
내 꿈은 끈끈한 삶에 뿌리를 내려라

오오 꿈이 흙내음 뿌리를 내리는
아픔은 꿈을 깨게 하고
깨어난 꿈이 또 꿈속이라도
살아야 할 목숨이 있고 발길질이 있다
아름다움의 습기가
살내음 비린 사랑이 있다
비명 소리가 있다
서둘러 가자 서둘러 가자

내 꿈은 한 맺힌 생애에 뿌리를 내려라
내 꿈은 치솟는 그리움에 뿌리를 내려라

내 꿈은 수치스런 역사에 뿌리를 내려라
내 꿈은 원한과 부활에 뿌리를 내려라
내 꿈은 고통과 희망에 뿌리를 내려라
내 꿈은 싸움과 구원에 뿌리를 내려라

황색예수 3

예언, 그리고 아름다움을 위하여

구판 시인의 말

이제 『황색예수』의 마지막 토대인 제3부를 펴낸다. 허위허위, 아닌 게 아니라 대강대강, 서툴다고 욕을 먹으면서도 그냥 죽자 사자 내친걸음으로 왔는데도 8년이 걸린 셈이다. 무슨 말을 더 하랴! 다만 심혈을 기울였다는 말보다 못생겼든 잘생겼든 살아온 꼬라지의 한 반영이라는 말이 더 좋겠다.

성(聖)은 속(俗)을 통해 더욱 생생하게 드러나며, 대중보편화되는 동시에 선전 선동되고, 또 그 과정에서 더욱 성스러워진다. 속은 성을 통해서 존재 의미를 갖게 되고, 또 그것을 통해서 구원에 닿는다. 그것은 그릇과 그 안에 담긴 내용물의 관계, 혹은 우리 몸을 이루고 있는 뼈대와 혈육의 그것보다 더욱 다차원적이고 고차원적인 관계다. 상호 갈등하고 서로에게 스며들면서 그와 동시에 더 의미심장한 것을 지향하는 그 변증법적 관계는 일개인 혹은 일개 집단(뿐만)이 아니라 '삶과 죽음이 있는' 지상의 인간과 자연 전체를 조금씩, 정신적·육체적으로, 이상향으로 끌어올리는 어떤 영구 혁명과 맥을 같이하고 있다. 관념과 구체성의 관계도 그와 유사하다. 관념은 구체성을 피와 살과 정신으로 받아들여 좀더 인간화·정서화하며, 구체성은 관념의 세례를 통해 더 높은 진보적 해방의 차원으로 고양된다. 그 과정에서 구체성은 또한 관념을 그 고정성에서 해방시키며, 관념은 모종의 얼개로 구체성을 그 해체 지향적 허망함에서 구원해준다. 언어 미학과 민족통일·민중해방 운동 이념과의 관계도 그와 유사하다. 예술은 성과 속의, 관념과 서정의, 이데올로기와 '예술성'의, 관념과 구체성의, 윤리와 정서의, 도시와 농촌의, 매판 선진성과 전통 보수성의, 인간 자유와 조직 평등의, 과정 특수성과 영원 보편성의, 그리움과 미래 지향의, 삶과 죽음의, 연애와 아내와 조국의, 식민지와 약소 민족 해방 지향성의, 모더니즘과 리얼리즘의, 일상성과 정치성의, 남한과 북한의 변증법이다. 그리고 '피의 5월' 그 참혹한 역사의 광채를 우리는 두 눈으로 생생히 보고야 말았다. 참담하게 좌절했지만 또한 거대한 희망이 아프게 가슴에 대못으로 박혔고, 참혹하도록 아름답게 해방될 남북통일 세상을 예감할 수 있게 되었다. 이제 우리 문학인에게 필요한 것은 진보적 관념과 복고적 서정 사이의 양자택일적 선택 혹은 혼합적 누림이 아니라, 관념과 서정의, 관념적 서정과 서정적 관념의 변증법적·미래 지향적 종합인 동시에 통일 정서의 한 예감이고 또 민중 지향 전통의 한 현대적 갈래일, 전투적·비극적 서정성의 창출이다. 그것은 관념적 단어의 해방 실체화이자 일상적 단어의 혁명성으로의 고양이며, 받아들이면서 동시에 딛고 일어서는 '투쟁과 구원의 종합'이며 이미 조건 자체를 해방 무기화하는 '치열한 너그러움'이다. 이 죽음의 시대에, 필요한 것은 웃음이 아니라 추모곡이며, 슬픔의 혁명적 무력화이다. 분단이라는 고문틀 속에서. 아름다움은 저질러졌지만, 그렇기 때문에 더 위대한 아름다움으로 이룩될 것이다. 모든 것은 사랑과 싸움의 과정이며, 좀더 인간적이기 때문에 성스럽고, 그렇기 때문에 진보적이다.

1986년
김정환

이제 나는 그 여자를 고통의 침상에 던지겠다.

_요한묵시록 2장 22절

차지도 않고 미지근하기만 하니 나는 너를 입에서 뱉어버리겠다. 너는
스스로 부자라고 하며 풍족하며 부족한 것이 조금도 없다고 말하지만 사
실은 네 자신이 비참하고 불쌍하고 가난하고 눈멀고 벌거벗었다는 것을
깨닫지 못하고 있다.

_요한묵시록 3장 16~18절

이제 그 도성에는 저주받을 일이 하나도 없을 것입니다. 하느님과 어린
양의 옥좌가 그 도성 안에 있고 그분의 종들이 그분을 섬기며 그 얼굴을
뵈올 것입니다. …… 이제 그 도성에는 밤이 없어서 등불이나 햇빛이 필
요없습니다. 주 하느님께서 그들에게 빛을 주실 것이기 때문입니다. 그들
은 영원무궁토록 다스릴 것입니다.

_요한묵시록 22장 3~5절

1

아름다움은 아름다워야 한다

흙 묻은 우리들의 발
피 묻은 우리들의 손
그러나
그대 내 심장 속에 화려한 칼부림으로 와 박혀
괴로운, 아름다운 얼굴이여
이 밤 또다시 별빛은 이슬로 쏟아져 내리고
신선한 밤
잠 못 이루고 뒤척이며 베갯머리
머리칼의 향기조차 슬픈 밤은 그대도
괴로워하는가 빼앗긴 것에 대하여
아름다움에 묻은
더러운 땀에 대하여

흙 묻은 들판 노동의 시대
피 묻은 목숨 아귀다툼과
전쟁의 시대

그러나 이슬 촉촉이 젖은 밤 절망과도 같이 아름다운

독버섯처럼 잠복한

비 내려 아아 속수무책으로 흘러가는

저 찬란한 도시의 아름다운 멸망 속에서

잠 못 이루면 이 밤 또다시

아름다움은 왜 가슴을

예리하게 베는

안타까운 예감인가

진저리 치는 약탈의

역사?

더럽혀진 아내의 흐트러진 침대 위에서

내가 사랑했던 모든 것들이 무너져 내리듯이

다만 우리가 잊고 지내왔던 것들

다만 우리가 피해왔던 것들이 무너져

허물어지는 비명 소리다, 절망적으로

잠들 수 있을까 그리운 고향 편안한 어머님의 품속으로

잠들고 싶지 않다 온갖 무너짐이여 돌아가고 싶지 않다

그 훼손된 과거의 완성 속으로

아름다움이여 아름다움의 현재
더럽혀진 기쁨이여
그대를 껴안아 내 몸의 피와 살로 삼으며
해방으로 가고 싶다
다시 아름다움에 대해 외치고 싶다

논바닥에 물 고여
내 눈에 눈물 고였다
어느 해 봄날 모심기
벼 이삭 사이인 듯 이슬인 듯
반짝였다,
빼앗긴 역사가
저리도 영롱하게

슬픔 없는 아름다움
죄책감 없는 아름다움……?

시간을잊은밤여인하나너무환한날씨에얼굴붉히고있었다
문틈으로내다보다들켜버린발그레대낮에핀이슬같은새빨간
거짓말같은꽃낮은어둠이었다생계속에서파는몸은꽃이었다
가난속에서어둠은사라지는것이아니었다단지꽃피땀묻은아
름다움에찢기울뿐몸과경제와마르크시즘과윤리와소시민적
순수와겁탈과은밀한쾌감아름다움으로부터해방되고싶다아
니혁명적아름다움속으로해방되고싶다그대의숙명에대해서
안절부절못하는것은아름다움의사회성때문이다그대에대한
내불행의반은또한내가더러운생애를살았기때문이라는것을
나는안다다만그대피해가지말고관통하라이시대의더러움속
을내저지름의기억이그대를통해온통나를괴롭힌다다만그대
버리려고하지말고구원하려하라그대의순결성으로더러움의
구원만이아니라구원의더러움도생각하라그대가난한이시대
에서두려운것은어둠에파묻히는일만이아니다어둠은우리를
파묻기도하지만우리들우매한가슴속에서완고하게자라나기
도한다앙칼진그대다만그대의순결성으로다시낮을밤이라하
라밤을낮이라하라아름다움의도덕성으로이도착(倒着)의시대

를위하여

　관통할 수 있다면 사랑할 수 있으리

　핏빛 붉은 노을 살기 묻은 꽃 같은 거

　빼앗긴 노동의 꽃 같은 거

　부딪쳐 쓰러지고 그래도 남는 것 수습할 수 있다면

　흩어진 살점뿐이더라도 누추한 넝마로

　갈 수 있다면 아련한 카페 샴페인 술잔 요염한 눈웃음도

　양주병과 누드 선전 포스터도 침략 곤혹스러운 미인계도

　갈 수 있다면 출렁여대는 저 노점상 아낙들의

　가난하게 쌓인 과일 더미와 핏줄 불거진 손마디와

　찌든 주름살 묻어나는 머릿수건과

　땀에 절은 생계

　관통할 수 있다면 사랑할 수 있으리

　휘청거리며 마구 쓰러지며

　역으로 나는 좋아한다 아름다움에 묻은 '뇌쇄'라는 말을

역으로

　나는 좋아한다 '미인계'라는 말을 쓰러져

거름이 되는 휘황찬란한

　고통과 아름다움의 식민지적 관계

벗어나는 길은
피해 가는 길이 아니다
돌아가는 길도 아니다 길 위에 길
길 밑에 길 길 다음에 길이 허리 끊어진
단장(斷腸)의 길이더라도 오오 관통하자
관통할 수 있다면 사랑할 수 있으리
우리들 치열한 사랑의 체위처럼 벽 위에 벽
벽 밑에 벽 벽 다음에 벽이 유리창 뻔뻔스러운
이방인들의 고층 건물이더라도 화려한
도시에 한 줌의 들풀을 키우거나 부패한
도시에 싱싱한 거름을 묻어주는 일 오오
관통하며 데불고 갈 수 있다면 머나먼 나라
저질러진 역사 전체가 그 휘황찬란함으로 우리를 짓누른다
짓눌러 그 광채 나는 유혹과 쾌락과 질병의 네온사인으로

짓눌러 그 따스하고 아늑한 거리의 품 안으로 우리를 파묻
는다

이름도, 얼굴도 없어라, 화사한 옷차림만 있는 아비규환의
거리여

그러나 관통할 수 있다면 사랑할 수 있다면 갈 수 있다면

머나먼 나라 가야 하는 나라

아름다움의 거짓된 껍질이여 아아 아파라 상처투성이

지배이데올로기를 꿰뚫듯이

쓰러지며, 쓰러지는 그 힘으로 꿰뚫듯이

다시 그 힘으로 데불고 갈 수 있다면 가야 하는 머나먼 나라

빼앗긴 아름다운 들판이거나

고통스러운 향수 내음의 홍등가 불빛이거나

아름다움의 밑바닥

밑바닥의 아름다움

아름다운 밑바닥의 처절한 생존투쟁의

살기 묻어 긴장된 아름다움에 이를 수 있다면

갈 수 있다면 가야 하는 머나먼 나라

마침내 우리가 죽더라도 가야 하는 머나먼 나라

앙칼져 뇌쇄시키는 아름다움도
일하는 근육의 울퉁불퉁한 아름다움도
지금은 반쪽이며 부자유입니다 우리나라가
반쪽이며 부자유인 것처럼 우리나라가
아직 해방되지 않은 식민지인 것과 같이
어머님의 다친 허리인 것과 같이

하느님이 만든 자연은 아름다워라 푸근한 산도 풍요로운
벼 이삭 벌판도 껍질 거친 나무도 아름다워라 햇살에 잎새 마
구 손뼉 치는 수풀도 젖가슴의 산과 핏줄의 산맥과 애기집의
바다와 게딱지 같은 인가마저도 즐거워라 지즐대며 굽이굽이
흐르는 시냇물도 목숨의 강바닥도 입술 타는 가뭄마저도

그러나 사라진 고향 돌이킬 수 없는 시간

인간의 아름다움은 아련하고 괴롭나니

가슴 아파라 구들장도 이불 속 사랑도 죽음 같은 밤 화장

도 은밀한

바퀴벌레의 기쁨 안온하고 파묻히고 싶은 너와 나 둘이서

마침내 혼자서 꿈을 꾼다면

하염없이 자다가 자다가

잠자는 것조차 지치고 한쪽 팔이 아플 정도로

힘에 겨울 때

잠에서 깨면 그 잠과 깨어남 사이에서

모두 보여요 그대가 잊고 살아온

아슴푸레한 아름다운 추억들

순이, 그 가슴 두방망이질하던 첫사랑의 얼굴

위로 낙엽이 파란만장으로 떨어지며 수천 개의 가지로

두 손 흔들며 사랑해, 사랑해, 속삭여대던

그 잃어버림의 수천수만 개 깃발 흩날려 사라지던

등하교길 은행나무 속 사춘기시절 사랑했던 여인의 우아한

결혼식 같은 거 샤콘느 음악 같은 거 가슴 아파라 인간의

아름다움은

하늘을 찢는 고층 빌딩도 완강한 아스팔트도 대낮보다 밝은
백화점도 도살장 육곳간 같은 붉은 조명의 레스토랑도 찬
란한

문명의 역사,
아름다움엔
빼앗김의 피가 스며들어 있다.

"하느님께서 만드신 함께 동참하고 함께 창조하는 기쁨으
로서의 생명에서 인간은 스스로 저지른 잘못 때문에 가학성
피학성 섹스라는 질병을 앓고 있는 것이지요. 기도합시다.
아멘"

돌이킬 수 없다 저질러진 발전이다 치솟는 건설이다
갈 수 없다 머나먼 고향이다 어머니 대지다

"문명은 물질적 풍요를 이루었지만 풍요로운 아름다움을
잃은 것입니다. 기도합시다. 아멘"

생산과 아름다움의 건강한 관계

되찾는 길은

되찾음의 피 흘리며 함께 썩어

그 자리에서 앞으로 나아가는 길이어야 한다

상실 속에서 아프고 달콤한 추억으로 떠오르는 과거가 아
니다

참다운 건설의 우렁찬 함성 사이로

강인한 근육처럼 하늘로 치솟는

그리고 욕망과도 같이 땅으로 뿌리내리는

기지 건설의 철근 사이로

그 피눈물 섞여 시야 흐려지는 어깨동무 사이로

보이지 않지만 가야 하는 미래

불안에 소름 떨며 그러나 힘차게 내딛는

두 눈 부릅뜬 발걸음의 역사여야 한다

괴로운 그러나 적극적으로 받아들이는

아름다움과 투쟁의 관계

아아 온몸 살갗 치떨리며 용솟음치는

아름다움의 과거여 미래여

안타까운 식민지 역사여 그러나 진보하는 역사

쟁취해야 할 아름다움이여, 다시

그대를 보내고 나무 한 그루 무참히 쓰러진 빈 들에 서

서……

2

무너진 채로 일어서듯이
아름다움은 아름다워야 한다

가을이면 집도 지붕도 가계사(家系史)도 없이
이불 속 다정한 살갗처럼 음험한 아무 대책도 없이
비 내려 추수를 기다리는 들판에 서보고 싶다
일 년 내내 땀 흘린 두 손의 노동에 젖어
벼는 이제 알몸으로 고개 숙여 비 맞을 뿐
저 광대한 벼 이삭 벌판은 아아 걱정없이 아름답다 보라
희뿌연 안개 속 다만 흐린 빗방울 시야에 온통 흩어져
적시나니 추억도 힘이 되는 그러나 슬픈 추억처럼
저 아름다움이
하늘을 떠받치는 뼈대였던 때가 있었다
우리들에겐 아름다움이 수줍음으로
건강한 모두의 기쁨인 때가 있었다
숫처녀도 힘센 농자천하지대본 하늘을 찌를 듯 치솟는
깃발과 꽹과리 북소리 한데 어울려
아름다움이 힘인 때가 있었다

아름다운 슬픔이 수확되자 양식이자
한반도의 피와 살인 때가 있었다

아름다움과 진보와 혁명의 관계
빼앗긴 들판에도 봄이 오듯이 아니
빼앗긴 들판에서 봄이 오듯이
아름다움의 죄악과 이루어야 할
피와의 관계

그러나 나는 안다 아름다운 미루나무 고향길 꿈에도 그
리운
상실의 기억이며 여린 눈물방울 그 모든 따스한 아픔 속에
깃든
약탈과 복고와 봉건 잔재와 보수주의를
슬픔 속에 든 총칼의 빛과 악수로 쥐어진 굳은 침략을
특호활자 신문지상에서 강대국 군비축소회담에서
그들의 얼굴은 미소 짓고 있지만
그 웃음은 우리를 위한 것이 아니다

만남은 이미 약한 자를 위한 것이 아니다

그 웃음이 화사한 봄꽃들로 둥둥 떠 흘러가는 현대식 종로통

인도와 건널목의 선남선녀들을 후려치고

그 악수가 누추한 목판 새끼손가락으로 쌓인 인삼 줄기를 거머쥐고

그 몸짓이 시골 읍내 유행가 번창하는 니나노집을 덮치고

그 만남이 인천 갯벌 바닷가

조개 캐는 아낙네의 진흙투성이 생계마저 빼앗는다 보라

중요한 것은 그것만이 아니다 그 힘찬 악수가

빼앗김의 눈물 글썽이는 추억으로 그 철면피 웃음이

옭아매기도 한다 우리들의 그리움과

우리들의 설계도까지

하느님은 비옥한 논밭 푸르디푸른 하늘과 옥색 바다와

인간들이 곡식처럼 씨 뿌려져 번성하는 마을

아름다움으로 우리를 옭아매려 하셨던 것은 아니다

그리고 나는 안다 해방되지 않았으므로

아름답고 기구한 팔자의 여자의 생애 따위
우리들의 정서가 아직도 매여 있는 그 이조시대를
이조시대 안방의 불안한 소유욕을
잃어버린 과거 풍요로운 들판 땀 흘려 일하던
그 남존여비의 낙원이거나 동물적인 체위의 포르노문화
그 불쾌한 쾌감 축축한 성 개방이거나
잘못 환상된 서구문명 잘못 설계된 우리들의 미래
그 사이에서 가위눌린 채 뇌리에 남북분단의
쇠못이 박힌
우리들의 세뇌며
우리들의 열등감으로 괴로운 변태성욕이며
그 기쁨 속에 든 종속이데올로기를

  그러나 어떻게 제가 그대로부터 벗어날 수 있으며
  어떻게 그대가 제게서 벗어날 수 있겠습니까 다만
  우리가 이렇게 얽히고설켜서 무언가를 이룰 뿐입니다
  사랑이 사랑이 차마 힘들면
  서로의 구원을 생각하듯이

싸우는 여성해방과

인간해방과의 궁극적인 관계 그 사이에

과거 때문에 가련한

청순한 한 여인의 생애가

가로막고 놓여 있다면

　아름다움의 더럽혀진 과거가 있어 그것이 우리를 옭아
매고 있어 그 옭아맴이 이 썩은 세상을 유지시켜주고 있어
하느님은 피 고여 썩고 거름이 되는 자궁 그 건설과 탄생의
싸움터 속에서 아름다움도 또한 해방을 위해 만드셨을까 빼
앗긴 식민지에서 아름다움에 대해 이야기하는 것은 여인의
기구한 일생이 그렇듯이 가장 애처로운 피해자가 역사에 가
장 가까이 있고 구원에 도한 가장 가까이 있기 때문일까 아
름다움이 질병으로 보이지 않는 때 순수함이 허약하게 보이
지 않는 때 아름다운 채로 아름다움이 밥으로 보이고 앙칼진
무기로 보이는 때 피 묻었거나 살점 묻었거나 흙 묻었거나
기름진 곡식과 잉태한 포유류처럼 살기등등하거나 복수심으

로 열매 맺는 때 사랑을 통해 인간은 해방될 수 있을까 하느
님에게로……?

꿈에도 그리던 해방되고 바닷물 굽이쳐 춤췄어
그리운 내 고향 복사꽃 피는 흙내음 평화로운
마을 큰 잔치였지 덕더꿍 장구 깨갱맥캥 꽹과리
두둥둥둥 북소리 해방됐다 모여라 어깨춤 덩실 추는
논이랑 사이로 주름진, 어머니, 눈에 생생히 어려와
무밭 상추밭 등 굽은 누런 소며 쟁기질로 뒤집히던
검은 흙덩이 간지러워라 발가락 사이로 꾸역꾸역
정답게 끼어들던 진흙 미꾸리조차 식구 같다고 개골개골
소리와 같이 눈에 어리는 신작로길 뻐꾹새 자갈밭길
접동새 소쩍새 울고 산짐승 들짐승 집짐승도 손뼉 쳐라
태극 깃발 휘날리는 고향 산천 기대서서 울었지 촐랑대는
실개천 햇빛 반짝이고 채송화 핀 밭둑 따라 망아지 풀 뜯며
굽이굽이 고갯길 육자배기 흥얼거리며 돌던 머슴 용칠아
해방되고 남북분단 40년 6·25특집 드라마에서 보았다

해방되고 빨갱이 세상천지였지 술 익는 마을 평화로운

굴뚝 연기, 순이, 내 사랑하는, 미역 감고 발 씻던 개울물

진달래 철쭉

철 따라 피고 지고 아낙네 빨래하던 징검다리 건너서부터

해방되고 빨갱이 세상 되었다 그 백의민족의 마을

갑자기 피로 물들고 아름답고 순박한 연약하고 청순한

마음씨 착한 그 처녀였어, 너그럽고 인자하고 잘생긴

지주어른의 딸이었는데, 그 봄물 오른 처녀가

짓눌려, 땀을 뻘뻘 흘리며, 애원하는 표정으로, 비명을, 지

르고,

있었다 아악! 안 돼요! 제발, 안 된다, 이 짐승 같은 놈, 그

위를 털 난

가슴이, 멧돼지처럼 억센 근육이, 씨근벌떡, 노도와 같이

덮치고 헝클어진 머리칼 일그러진 표정 속에 든

아픔과 욕망과 노여움과 수치심, 수수나무가 푸른 하늘

위로

치솟고 그리운 고향하는 뭉게구름 흘러가고, 일렁이는 비

린 바람결

파헤쳐져 습기 찬 땀 배인 흙가슴 다시 영롱한 이슬, 쟁기
질, 삽질,
씨 뿌려, 침 배앝고 아씨마님 지주의 딸 나긋나긋한 새하얀
순결의 살결, 무식하고 땀내 절은 털 난 허벅지 흙 묻은,
힘 세고 추한
근육의 종놈 깡패였지, 예쁜 텔런트였어, 서글한 눈매로
보호본능 자극하는 서구식 미녀였어, 대나무밭 시시퍼런
죽창, 살육,
겁탈 그리고

증오하라! 저것은 네 어머니다!
증오하라! 저것은 네 누님이다!
증오하라 증오하라! 저것은 네 아내다!

아아 돌아갈 길 없네 그립고 아름다운 고향
신작롯길 수수나무 사이로 눈물 가득 고인 논과
목숨의 감자밭
회복할 수 없어라 아아 저것은 저것은

증오하라! 저것은 네가 간직하고 싶었던 모든 것이다

귀하고 다치기 쉽고 깨끗하고 더럽혀지기 쉽고 마침내 아
름다운

죽어도 죽어도 지켜야 할 영역이다! 아아

아름답지만 않다면 얼마나 좋을까 아아 저것은

내 애인인데 내 어머닌데 내 순결한 누님인데 아아 저것은

눈 내리는 겨울이 와도

복고적인 것은

나무들뿐이에요 내린 눈이 녹는

나무껍질은 축축해지면서

다시 본래색대로 거무튀튀해져요 그 옛날

부채살로 퍼지던 햇살 그 사이로 우렁차던

독립군 군가 소리와 같이 창칼의 빛 하늘로 치솟고

외투들 붐비는 겨울이 와도

복고적인 것은

나무들뿐이에요 나머지는 모두

나뭇가지에 걸린
확성기뿐 선거 공약뿐 인구밀도의 겨울이 와도
눈은 뒤덮어버릴 듯 밀리는
시내버스 위로 내리고

그렇다
이루어진 것은 보수·안보 이데올로기며
빼앗긴 것은 기쁨이었다
안방에서 땅을 치고 발을 동동 구르며 다시 가슴 아프며
김진규 같은 지주어른과 윤정희 같은 아씨마님과
이루어진 것은 간직함의 불안이며
빼앗긴 것은 그리움과 추억과 농토와 처자와 아름다움의
기억이었다
보는 자와 보여주는 자 모두
이루는 자와 빼앗기는 자 모두
외쳤다 나는 증오하리 아름다움을! 우리들의 자리는
어느 쪽이었던가 나는 증오하리 아름다움을!
외치며 그러나 실상 우리가 증오했던 것은

전쟁이었다 해방 전쟁까지도 전쟁의 의미까지도
그대는 사랑의 의미까지도 은밀한 쾌감에 진저리를 치며
두 눈 부릅뜬 증오로 골방에서 자위했다 그리고
그 축축한 쾌감에 배인 죄책감 그대들과 우리들의 정서는
속수무책이었지 하다못해 텔레비전 일일연속극을 보며 아
름다움은
곤혹스런 아픔 아름다움은 더럽혀진 침대였지 수치스런
장소였으며 죄책감의 사디스트적 변태성욕이었으며 피해
망상
적으로 보호본능 자극적으로 발악적으로 마조히스트적으로
집착했다 하얀색 순결에 두려워했다 거기에 묻은 피를
핏방울과 생산과 투쟁의 관계를 두려워했다 관계의 빛나는
의미 빨간색 순결의 피를 그리고
집착했다 전쟁 기피 소시민적 굴욕의 지배이데올로기에

그란디 말여, 그 성병, 아니 그 국제매독이란 것이 참 묘
하단 말여, 본토인이 걸리면 아무것도 아닌 그냥, 임질 매독
그란 건디 말여, 토양이 다른 놈덜이 걸리면 그냥, 직방이라

는겨,

민족쥐지 뭐여 그게, 그거라도 없었어 봐,

월남 츠네들이 남아났겄어? 이놈 쑤셔대고 저놈 쑤셔대고

아 강제로 쑤셔, 돈 주고 쑤셔, 남아났겄느냔 말이시,

뭐 '베트남 장미'? 거 양놈들 모르고 하는 소리여,

민족쥐여, 민족쥐.

그러나 이제

빼앗김 속에서 미래를 위하여

헤어날 수 없는 가위눌림 속에서 갈 길을 위하여

노예 된 정서로부터의 해방을 위하여

돌아가는 것 아니라 슬픔 아니라

관통하기 위하여

나는 우선 어여쁜 여배우가 몸을 파는 것에 동의한다 가난의

예술은 기본적으로 몸의 행위이며

몸의 속박에서 벗어나려는 해방과 구원 의지이기 때문이다 나는

예술과 가난이 힘을 합하여 자아내는 그 진보적
탈(脫)봉건 정조 관념적 해방 정서의 예감을
그릇된 것인 채로 받아들인다 아름다움은
사랑을 통한 해방의 정서이지
쾌감을 통한 속박의 정서가 아니기 때문이다

어느 날 갑자기 이 세상에서
기차가 느릿느릿 속도를 줄일 때
그 쇠바퀴와 레일 사이에서조차
아낙네 앙칼진 울음소리가 난다면
어느 날 갑자기 이 지상에서
떵하고
머릿속에서 든 시야가
반은 저만치, 가버린 것처럼
시야 바로 옆으로 늘어선 구멍가게
진열대에 쌓인 코흘리개 과자들까지
지나간 날들처럼 보인다면

잇게 해주세요 이어지는 끈끈한 사랑의 습기와
마침내 액체까지도
초라하고 누추한 그렇지만 저승까지도 이어지는
사랑의 끈만 있다면

그러나 똑같이 나는 여배우 스타 간통 스캔들의 그
자본주의적 거래 행위와 아름다움을 통한
대중 정서 조작 집권이데올로기를 증오한다 그것에
아직도 몸 부르르 떠는 나를 증오한다

도대체 텔레비전 탤런트들은 왜 모두 아름다운지, 각하.

그러나 나는 그 거짓된 껍질을 뚫고 나오는 가난한 아름다
운 이야기도 물론 보았다 그것이 주제는 물론 아니었지만 어
떤 텔레비전 죄와벌식 수사반장 남편은 쓰레기 청소부 아내
는 빌딩 계단 닦는 아낙네 어느 날 빌딩 공사장 십장이, 강요
에 못 이겨, 그렇구 그런 얘기였지만 낙태수술 참다못해 아
내가 "여보, 잘못했슈. 한 번만, 한 번만 용서해줘유" 하는 걸

그저 멍한 눈으로 바라보다가 땅이 꺼질 한숨, 남편이 "에이구, 이 맹추 같은 것. 에이구, 이 맹추 같은 것 에이구, 이 맹추 같은 것" 하며 머리를 쥐어박고 여자는 그냥 자세한 변명도 안 하구, 식구들 입이 주렁주렁 달렸으니께 닥친 양식거리가 더 걱정이니께 물론 그것이 주제였을 리는 없지만 누추한 땀방울이 솟는 이마에 대고 그냥 누더기 이불 속으로 들어가며 자식새끼들 자나 한번 보고 "어여 이리와봐, 오늘은 왜 이리도 춘겨"

    배추 껍질 진흙창에 나뒹구는 시장바닥
    지친 삶의 피곤한 욕망 속에서
    욕망의 악착스러운 싸구려 타령에서
    비리고 신선한 생선처럼 조선 백성들은 살았다
    목숨의 윤락가도 이웃사촌 삼고
    오징어 좌판 위에서 갓난애 똥오줌 가려주며
    밑바닥으로 기는 목구멍 풀칠
    가난의 논리 생계라는 무자비한 삶의 논리를
    숙명을 무기로 키우며 조선 백성들은 살았다

눈물 섞인 삶의 앙칼진 권리가
역사적 선진성을 생득케 한다는
어려운 말은 듣도 보도 못 하고
조선 백성들은 그냥 살았다 다만 살아서 소중하게 키워온
눈물 속에 섞인 반짝이는 살기
코 푼 손으로 콩나물을 신문지에 싸주며
가정파괴범 사형선고 따위 신문 기사
들여다볼 짬도 없이 백성들은 그냥 살았다
어쩌다 눈이 가도 그저 그냥 먼 나라 귀부인 얘기쯤 되는
것으로 알고
애써 꾹꾹 눌러 삼키며, 백성들은 그냥 살았지만
하느님은 공평하다
이 억센 가난은 또한 얼마나 황홀한
하층빈민계급의 도덕적 해방인가
얼마나 황홀한 역사 발전의 정당성인가

나는 안타까운 채로 황홀해하노니 내가 아름다움에 대해
이야기하는 것은 아름다움 또한 싸움터이기 때문이며

슬픔은 여전히 인간의 몫이기 때문이며 아름다움 또한
스스로 오염되어 썩는 성모마리아 구원의 모태이기 때문
아름다움 또한 저질러진 역사이기 때문이며 여린 우리가
괴로움으로 고여 썩는 그 가녀린 것들을 사랑할 때
우리가 이 비참한 아름다움의 가계사까지 사랑할 때
그리하여 그 비참함을 우리들만의 축복으로 생각할 때

　아름다움은 무너지는 것이 아니라
　완성되는 것이기 때문이다

아름다움의 변증법적 윤리. 생계 서열.
아름다움의 현재, 저질러진 기쁨이여

3

그리고 그해 추운 겨울 그 비엔나 커피 끓는 카페는 아늑하고 푸근했네 명멸하는 조명빛 얼굴 위로 장작 불길 치솟아 열광하는 벽난로 그 위에 현기증 나도록 아름다웠네 벌거벗은 여인의 누운 사진 같은 거 아련한 담배 연기에 파묻혀 비좁은 공간조차 편안했지, 이대로 잠들고 싶어 이대로 잠들고 드러낸 살갗이 끼리끼리 부딪쳐 부딪는 눈길조차 짜릿하도록 타향 슈베르트의 겨울나그네 흐르고 이대로 질척한 밖은 어둠의 살에 살 섞는 듯 진눈깨비 내리는 밤 집과 밥과 꿈을 잃고 어디로 헤매는 밤 가진 자의 겨울은 따스해라 누덕옷 사이로 살을 에는 눈보라 눈동자에 비친 눈물조차 따가워라 그 껍질 위로 밀려들었을까 배고픈 눈에 비친 창문 속 평화로운 식구들의 계란 부치는 내음처럼 식민지였다 바깥은 어둠과 추위가 증오를 더욱 불사르고 이별의 흥남부두 피난살이 국제시장 맵찬 바람 쌩쌩 뺨을 갈길 때 우글거리는 주름살 찌든 아낙네 과일 좌판과 구루마 스피커에서 흘러나오는 유행가 구공탄불과 입김과 체온으로 녹인 질척한 땅 그 속에 그 헐벗은 삶의 습기 속에 깜깜한 식구들의 얼굴이 희망으로 떠올랐을까 물기에 묻은 샨데리아 휘황찬란한 불빛 속에 고향집 앞마당 어머님과 아버님과 누이동생들의 얼굴이 깜깜한 희망으로 떠올랐을까 흐르는 슬픔도 휘황찬란한 네온사인 물결로 출렁여대는 도시 그러나 식민지였다 또다시 양키 깜둥이 노린내 나는 왜놈 바이어들이 킬킬대며 싯누런 이빨로 에스컬레이터를 오르내리고 우리의 등과 갈비뼈 위를 오르내렸다 우리는 조아렸는가 3등국민의 머리를 그대의 형과 나의 여동생은 조아렸는가 그 틈에도 전투경찰들은 외계인처럼 낯선 방독면을 쓰고 결박 지었다 우리들의 두 손과 발을 우리들의 참을 수 없는 목구멍을 아갈잡이로 피멍이 배인 손목조차 거추장스러워라 숨을 곳 어디에도 없는 지하도에서 피 묻은 난도질의 검문검색 위세당당한 행군대열과 은밀한 잠복과 비겁한 웃음과 우리들의 신음 소리가 함께 버팅기며 지켰던 도시 그곳은 식민지였다 아름다워라 겨울 레몬 향기여 아늑한 추위여 가진 자의 집이여 그러나 살점을 도려낼 듯 채찍질하는 하꼬방 찬바람 속에 주렁주렁 달린 식구들 따스한 김 모락모락 피어나는 한 그릇의 쌀밥과 콩나물국을 위해 연탄불을 위해 아낙네들 비린 목숨 들끓던 노점 행상의 밤은 아아 참혹했고 잔인했고 악착스러웠고 더 이상은 막을

수 없었다 저는 뒤로 물러설 자리가 없어요 외치며 쓰러지던
단말마 소리 고막과 양심을 갈가리 찢을 때 청계피복노조 합
법성 인정하라 영양실조로 애늙은 키 작은 여공들이 무리 지
으며 외칠 때 밤은 다시 물밀듯이 닥쳐왔을 때 다섯 명씩 열
명씩 백 명씩 방패 앞세워 군홧발 소리 저벅저벅저벅 우리들
의 두려움과 우리들의 숨죽인 오열까지도 옥죄고 들어왔던
화려한 경찰국가의 어두운 밤 곤혹스러워라 빼앗긴 자의 밤
이여 아름다움은

아름다움은……?

안녕. 이 밤도.
그대를 위하여 잠을 자지 않겠다

과일로 치자면
앙칼지고 통렬한 사과맛과
무겁고 너그럽고 든든한
자두의 과육.

피부미용 비타민 씨와

자양분의 역사랄까

농경시대와

유목민시대까지 거슬러 올라가는

열매가 양식이었던 시절

의식주가 평등했던 시절부터의

아름다움의 가축화 과정?

아니면 아름다움의 사유화 과정?

은밀하다는 것은 그토록

절망적인 것일까?

우리는 뇌세포로 가서 뇌세포로 들어박힐 수밖에 없는

것일까 그게 고작일까 저 코쟁이들의 몸냄새 왕성한

이태원 야광의 알파벳조차 흩어져 유혹의 몸짓

흐르는 밤거리에 그 향수 내음 속에 거부의 몸부림으로

거부 정신의 뇌세포로 가서 들어박힐 수밖에 없는 것

일까?

나는 밥을 먹고 시를 쓴다 시를 쓰고 밥을 먹지 않는다
나는 식민지의 밥을 먹고 시를 쓴다 식민지의 밥으로 된
시 식민지의 라면으로 된 시 텅 비어 맑은 선비 정신으로
새벽에 시를 쓰고 그다음에 아침밥을 먹는 것이 아니다
나는 식민지의 밥을 먹고 그러나 식민지를 걷어치울 시를
쓸 것이다 나는 식민지의 밥을 먹고 자라나

  아직은 따로인가 이 세상 맹인 가수의 지하도에서 저 세상
  잔업 여공의 밤늦은 귀갓길에서 검문검색의 도처에서
  도도하게 치솟는
  그리움과 슬픔과 분노와
  그대의 얼굴은 따로인가 이세상 슬픔과 저세상 그대의
  슬픈 아름다움과
  구원하는 일과 구원받는 일은 아직은 따로인가
안녕. 이 밤도,
그대를 위하여 잠을 자지 않겠다.

  아름다움은 미래를 향한 투쟁으로 다시

풍요로운 들판이 될 수 있을까
있을까 아름다움은 땀내를 풍기는
아름다움과 투쟁의 변증법
건강한 기쁨이자 무기일 수 있을까

아직도 더러운 소유욕을 가지고 있군요 당신은?

아름다움은 억센 팔뚝일 수 있을까 되튕길 듯,
부르르 떠는 근육일 수 있을까 힘찬 미래
피에 물든 미래 아름다움의 살과 피비린내

왜 아름다움은 역사가 아닌가,
여리디여린?

도시여 서러운 육체여 향수 내음이여 그대 아름다운 아름
다움도 버리지 못하니 버리지 못하는 이 괴로운 지상에서 그
대 또한 어쩔 수 없어라 슬픔에 겨운 연약한 우리들 또한 죄
가 많기 때문 우리들 모두의 죄이기 때문 그대 아름다운 아

름다움도 관통하리 관통해야 하는 우리 살아서 벅찬 이 한반
도에서 으응, 그래 저것은 간직하고 싶은 자들의 슬픈 미학
이야 사치스런 가구와 안온한 침대 속에 갇혀 겁탈, 순결한
정조, 유린, 뭐 그런 따위 말로 누리고 싶은 거지 자신이 간
직하고 있는 아니 움켜쥐고 있는 것들을 은밀하게 음흉하게
자신이 얼마나 괴로운 줄도 모르고 자신이 얼마나 일그러진
정신상태인지도 모르고 노예와 다를 게 없어 해방되지 못한
보수이데올로기주의자들의 냄새나는 백색선전인지도 모르
고 으응, 그래 스스로 해방을 쟁취한 자들은 그런 말을 쓰지
않지 그 선동 효과에 스스로 자극받지 않기 때문이야 그런
말에 자극받는 우리들은 어떤가? 오디오 시스템 선전 포스
터 속의 미녀의 요염한 자태와 피부 화장 속에 도사리고 있
는 프랑스제 성병을 모르고 그 외세 침략을 모르고 그냥 황
홀감에 도취하거나 그냥

   곤혹스러워하는 우리들은 어떤가?

   그란디 말여, 그 성병, 아니 그 국제매독이란 것이……

아아 아름다워라 가슴 아플 정도로 아름답게
내 앞에 그냥 서 있는 그대 갈기갈기 찢어진
알몸 그러나 흩어질 수 없는 사랑으로 그대
그 고통스러운 긴장의 떨림으로 해체되거나
한쪽으로 기울 수 없는 아니 안주할 수 없는
그 중용의 변증법적 미래 지향적 결정인 그대
아름다움이여 나는 외치나니 그대를 그냥은
손아귀에서 놓칠 수 없고 버릴 수 없고 또한
차지할 수 없는 것은 허리 잘린 우리 땅에서
그대도 나도 다친 몸이기 때문이다 분단된
해방되지 못한 반쪽의 두뇌인 채로 우리가
갈가리 찢긴 그대를 꿰매기 때문이다 아니
그대를 완성시켜야 하기 때문이다 아니
그대와 우리가 끊임없이 뒤얽혀 갈등적인
해방을 이뤄야 하기 때문이다 영구 혁명,

　저주이자 축복인 것이 있을까 몹쓸 운명이자

가슴 벅차디벅찬 갈 길인 것이 있을까?

그리하여 마침내 한 몸으로
그대는 내 눈물 거치른 시야 속에서
출렁거리나니, 대책 없는 물기로
목젖에 미치는 불덩이로
뜨거워 뜨거워 못 참고 흘러서 적실 때

  아름다움은 아름다워야 한다
  투쟁으로, 피 흘리더라도
  사랑노래가
  비명 소리가 되더라도

이제 누가 누구를 사랑한다는 것은 소유가 아니라
해방된 공동체로 가는 통로라야 해 그래야 해 오염된
아름다움이 다국적 미인계가 되듯이 미인계가 게릴라
전사가 되듯이 참호와 화약 내음과

일상적 혁명과 혁명적 일상의 사이
그 사이를 떨리는 긴장으로 잇는 드디어 아름답고
힘찬 고리

그러나 그때까지는 얼마나 괴로울 것인가 괴로운 것도
모르고 그러나 아는 것은 얼마나 괴로운 힘일 것인가?

  문득문득 마음과
  뇌리를 면도날로 긋는
  현기증처럼
  식은땀 속에 예리한 감동처럼
  새가슴 철렁 내려앉은
  부끄러운 놀람처럼
  생각나는 그대
  온몸의 몸살로 오는
  그대 짙은 눈썹과 새까만 눈동자와
  인파 속에
  그 화려한 사라져감 속에 언제나 있는

사라지지 않고 흘러가지 않고
확연히 정지해 있는
짙게 인화된 사진 같은
그대 우리들의 꿈은
아직 총천연색이 아니더라도
좋으리 그대여
흑백시대 우리들의 사랑과 싸움은

4

    갈라진 것은 국토뿐만이 아니다 우리들의 신경통 하다못해 허리 다친 우리들의 귓바퀴 속 울창한 수풀 안에서도 너희들은 우리를 가르고 있지 않느냐 감언이설로 독버섯처럼 번득이는 미소로 또한 파렴치한 강대국의 총칼대포를 너희들의 팔뚝으로 알고 휘둘러 우리들의 상처 난 고막을 찍어대고 있지 않느냐 군홧발 소리로 으름장으로 하찮은 풀과 오솔길 옆에 자그만 돌멩이 따위로 숨죽여 숨은 우리들의 숨통까지 옥죄고 있지 않느냐 우리들과 우리들을 가르는 것은 쇠붙이 휴전선 철조망뿐이 아니다 너희들은 저 가시 철망이 우리들 가슴과 망막과 시야까지 찢고 난자질해대는 피눈물인지도 모르고 그저 너희들 빼앗고 차지한 부귀영화 지켜주는 부잣집 높은 담벼락인 줄만 알고 있느냐 있지 않느냐 반드시 남북한 최고책임자 회담이 안 이루어져서뿐만이 아니다 너희들은 북녘 사람을 도깨비뿔 달리고 얼굴 새빨간 짐승이라고 부르고 북녘 너희들은 남녘 사람을 코피 터질 정도로 화장품 냄새 지독한 양갈보라고 부르고 그러나 우리들은 불행한 그러나 숙명처럼 질기디질긴 우리들의 헤어진 식구 찢어진 어머님의 허리라고 목메어 부르지 않느냐 끊긴 동맥 핏줄이 다시 이어지는 아픔과 기쁨에 대하여 그 철두철미한 사랑 완성의 고통과 환희에 대하여 우리들은 외치고 싶다 행간(行間)이 아니라 당당히 당연한 어투로 안방에서 술집에서 엠티에서 지하도에서 대낮 여의도광장에서 우리들의 눈은 다시 대낮 찬란한 태양이 되고 싶다 우리들의 귀는 다시 계절마다 꽃 피고 새 지저귀는 비무장지대 수풀이 되고 싶다 잠복과 매복이 없는 평화의 도시와 마을 우리들의 입은 다시 광활한 벌판이 되고 싶다 벌판으로 외치고 싶다 자유와 평등과 민주와 민족통일을 위하여 우리는 해방이 되었는가 벼 이삭처럼 쏠린 귀로 드디어 벅찬 눈물 맺혀 차마 말문 막히고 고개만 끄덕인 어머님의 눈망울로 들었는가 전범(戰犯) 일본 천황의 항복 방송을? 그 구식 라디오의 떨리는 스피커 고막의 육성을?

그 뒤로 얼마만큼 왔는지, 또 얼마만큼 가야 하는지……

안타까워라 잃어버린 세월의 출렁임과도 같이
명동에서 롯데 1번가, 교보문고에서 종로 1번가
그 흘러가는 항상 멀어져가는 인파 속에서

정지해 있는 그대의 얼굴 보일지라도 사로잡으려도

사로잡히지 않을 어떤 두려움 같은 것 떨리는 손끝으로

흥청대는 밤 불빛은 사라지면서 안간힘으로

저리도 아름답고 나는 괴로워했다 빼앗길 것 소유욕에

대하여 안락한 안방에 대하여 거리에 소낙비 퍼붓듯이

온갖 추억 쏟아져 내리고 다시 살아 길길이 뛰는 옛날처럼

쏟아지는 빗발 전진하는 깃발 펄럭여 펄럭임 속에

그대 보여라 아름다운

정지된 모습은 반동성(反動性)일까 낯익은 인간의 도시 아
니면

따스한 사람의 체온 영화 간판 속에도 봄날씨 화창한

개나리꽃에도 아름다운

그대, 아픈 아름다움이여 천벌의 벼락 같은

입맞춤이여 아앗 뜨거워라 아름다운 그대 아픈

곤혹스러운 아름다움이여

아픈 그대 아름다운 힘의 아픔이여

사랑은 다만

이루려는 것이 아니라
다만 기여하려는 것일 뿐

　　저는 그대에게 어쩔 도리 없으나
　　그대는 저에게 빗님이시지요
　　봄 이슬비 여름 소낙비 가을 가랑비
　　겨울날에 찬비
　　그대의 사랑은 제 옷
　　나뭇가지를 적시시지요

검게, 맨살까지 반짝이는
축축한 색깔로
싫더라도 그대는 상관없는
대책 없는 사랑
넘쳐서 흘러내리는 그대
입으나 벗으나
내장까지
우리 서로 주기만 하는 사랑이므로

그대가 제 핏속에 녹고
제가 또한 그대
땀방울 속에 녹아서
흘러흘러 바다에 이르면
그 숱한 만남의 바다, 아아 그
비명과 학살의 피바다
어차피 만남은
이 분단된 세상에서
죽음으로 가는 길인 것
사랑은 아름다움으로
무너지는 것이 아니라
완성되는 것

　그대는 저에게 빗님이시지요
　우리들의 사랑은 이제 베푸는
　앞만 보고
　이미 베린 몸이지요

내 사랑은 내 주먹은 피골상접 그대를 갈기는 내 사랑은
피부병이다 내가 가르칠 사랑은 긁어도 긁어도(피가 나도)
완성되지 않는 가려움 걱정의 식량이다 그대의 오장육부
(그건 그대 혼자서 마련했을 나름대로 피비린 오장육부)
깊은 곳까지 쳐들어가는 내 사랑은 바퀴벌레다 온몸 새까만
아직 제 슬픔도 주체 못 하는 여리디여린 내 주먹이
주제넘게 혼잣설움만 깊었을 그대 턱을 내리갈기는

　이 사랑은 안하무인이고
　이 사랑은 불쑥불쑥이고
　이 사랑은 속속들이고
　이 사랑은 파렴치한 바퀴벌레다

그러나 기나긴 아픔으로 가는 길 문둥병보다도 치열한
껴안음 온종일 입술이 헐어 해지도록 해대는 소름 끼치는
전염병이다 진하디진한 왕피부병이다 싫다면 정말 몹쓸
피부병이나 걸릴

비가 내렸어 거리에 차창에 수없는 글씨로 화살로 내리꽂혔어 나 좀 태워주소 내 몸 태워주소 활활 태워주소 제발, 하는 소리와 같이 비가 내렸어 그다음의 행동과도 같이 감당할 수 없이 번지는 무수한 폭동같이 비가 내렸어 불살라 불살라 저질러진 온 역사 불살라도 좋으냐 소리와 같이 부딪치는 곳마다 피눈물이 튀었어 비가 내렸어 해탈을 나는 거부한다 이 지상의 온갖 목마름으로 불살라 괴로움과 기쁨으로 나는 해탈을 거부한다 이 지상의 속박과 해방의지로 불살라 함성, 비가 내렸어 불살라 물방울에서 비명 소리로 불살라 욕질에서 활활 타오르는 불길의 구원으로 불살라 길길이 뛰는 희망으로

핏자욱
뒤범벅된

그해 여름이었던가 등 뒤로 땀이 스멀스멀 기어 다니는 불볕 더위 찐득찐득 달라붙는 저녁 짓눌러대던 습기의 무게 견디며 찌라시 유인물이 마구 흩뿌려져도 영영 만국기처럼 사

람들이 모이지 않았다 날아라 날아라 새여 숨 가쁜 새 우리
들 열망의 종이새 날아라 헉헉거리며 날아서 착지하라 중앙
극장 영화는 끝나고 어두운 현실세계 속으로 하나씩 둘씩 영
화관 불이 켜지고 밖은 깜깜한 밤 휘황찬란한 밤 진정 소중
한 것은 반짝이는 그 무엇? 연기처럼 스며드는 애인의 귓속
말? 초롱한 그대의 눈빛? 젖가슴의 아늑한 무게가 실려오
는 팔짱낌? 꾸역꾸역꾸역 구역질처럼 밀려 나오던 인파 유
방 큰 여배우와 코 큰 남자 배우가 발가벗고 겹쳐진 입간판
양쪽으로 갈라져 꾸역꾸역꾸역 구역질처럼 흘러 다시 모이
던 인파 끼리끼리 오징어를 씹고 팝콘 봉지를 들고 앞물결
은 뒷물결에 밀려 상식적인 역사가 그렇듯이 그 인파의 바다
는 밀려나와 갈라졌다 다시 합류하며 흘렀는데 다시 거대한
돌로 내리친 듯 모였다가 다시 갈라졌다, 아니 흩어졌다 만
국기처럼 두려움이었을까 숨죽인 오열이었을까 산산이 부서
져 흩어졌다 호외처럼 우리들의 그리움은 모세의 지팡이였
을까 열려라 바다, 독재의 홍해바다 우리들의 사랑은 폭탄이
었을까 아무것도 부수지 못한 아무것도 구원하지 못한 증오
였을까 낯설디낯선 독재타도! 민주화투쟁! 항일약소민족해

방통일! 구호였을까 우리들의 피가래 끓는 호소는 그 중산층 소시민들에게 흩어지라는 채찍질이었을까 눈물 묻어 스스로도 몸 치 떨리는 채찍질 갈 길은 끝없이 길고 멀지만 자책과 두려움에 떨리는 우리들의 사랑과 싸움이 우리들 생애에 완성될 수 있는 것은 결코 아니지만 왜 그리도 끔찍했을까 경악했을까 쓰라린 눈물처럼 우리의 시야도 흔들려 흔들려 흩어졌을까 후들거리는 다리 가중되는 불안 낯설음의 잔치였을까 찌라시 유인물들은 여전히 만국기처럼 공중에 펄럭이고 차라리 날아라 새여 울어라 울어라 우리들의 무모한 희망이여 그대가 쉬일 곳 그대가 불덩이로 착지할 곳이 이 지상에는 없나니 발작적인 목소리가, 하늘을 향한 두 팔이, "시민 여러분, 민주주의가 죽어가고 있습니다, 여러분의 방관으로, 피 흘려 숨을 거두고 있습니다! 시민 여러분!" 몇 사람의 단말마적인 마지막 외침이 부릅뜬 눈알이, 길바닥에 패대기쳐진 채 개처럼 질질 끌려갔을 때까지

중산층이니
소시민이니

박정권이 만들어낸

가장 보수적인 재벌회사 사원계층이니

수출세대니 하고 따질 것 없다

우리들은 정서조차 분단돼 있는 거다

서로에게 낯선 용어를

끼리끼리 쓰며

끔찍한 괴물인지도 모르고

그저 옆에 있으면 살결 다정한

땀내마저 다정한 식구인 줄만 알고

갈수록 갈라지고 있는 거다 집단과 집단이

개인과 개인이

그리고

한 사람의 두뇌마저 둘로 갈라져

    그대는 일하는 근육이 아름다운가 텔레비전 여자
    탤런트가 아름다운가?

갈라져 있다 풀도 바다도 고향산천도

갈라져 있다 가난한 아내의 주름진 얼굴도
그 얼굴을 보는 우리들의 생각도
남북으로
그리고 계층적으로

그란디 말여, 거 기차 이름은 왜 그리 싸가지가 읎는 거
여? 뭐 새마을호, 무궁화호 그리고 통일호? 아니 그람 새마
을운동 다해쌌고 무궁화도 다 기르고 그런 다음 통일 생각해
보겠다 그거여? 국토만 절딴난 게 아녀 우린 반병신이여 우
리들 맴도 절딴난 거란 말여

갈라져 있다 분단 체제를 그 근간 아니 생계존립 수단으로
하는 매카시즘적 관변보수주의가 횡행, 언어와 감수성이 남
북으로 갈라졌다 본격적으로 전개된 도시 중심의 경제개발
정책이 무작정 상경의 붐을 유발시켰다 농촌 처녀의 도시 창
녀화 6·25전쟁 흥남 철수 굳세어라 금순아 민족대이동뿐만
이 아니다 뿌리 뽑혀 갈라져 있음 전쟁은 저질러졌고 경제개
발은 자행되었다 우리는 농촌에 전기 들어오고 새마을운동

텔레비전 보급되고 삐까번쩍한 비료공장 척척 들어섰지만 우리 어머니 논밭농사 아버지는 나귀 타고 신작로길을 우리 집으로 통과하게 해달라 해달라고 동사무소 직원 붙잡고 여보게 자네 아버님과 내가 어떤 사인가 제발 제발 보상금 받아 서울 가 살고 싶네 통사정 이 주리를 틀어 죽일 놈 니 죽고 나 죽자 길바닥에 누워 계시지만 신식민주의적인 외세침략 식민제국과 약소민족의 갈라짐이 자국 내 도시와 농촌의 갈라짐으로 농민들의 의식 구조 속에서 도시 생활에 대한 무작정의 선망을 다른 한편은 도시 문화의 창녀적 외래식민성에 대한 격렬한 적개심을 부추기는 정서의 2분화 도시놈들은 멀쩡한가 화려한 화장품 내음에 마춰된 정신병자 고급스런 전통문화 찾아쌌고 봉건적인 고향 도피적인 그리움 다시 갈라졌다 경상도로 전라도로 끼리끼리의 지방색으로 오오 풀잎 그 가녀린 허리 위에 안쓰러이 놓인 이슬방울도 그대 함부로 영롱하거나 아름답다고 하지 말 것 그 속에서 그대와 그대의 이웃이 갈라져 있나니 그 속에서 국토가 남북으로 갈라져 찢어진 허리에서 핏방울이 튀고 있나니 그대의 가장 순결한 누추한 눈물 속에도 들어 있나니 매서운 침략의 칼날이

따스한 봄날 수풀 아지랑이 피어나는

그대가 가장 간직하고 싶고 아끼고 싶은 것은
무엇입니까 그 속에 그 여린 살갗으로 치 떠는
안타까움 속에 들어 있다 빼앗김의 역사가 코를
찌르며 살덩이가 썩는 내음이 그러나 썩는 내음
으로 고향산천은 치열하게 봄꽃 이루 피우며
다시 참혹하게 아름답지 않은가?

　빼앗긴 들에도 봄은 오고
　빼앗긴 들에서 봄이 온다
　누이도 온다
　모시적삼에
　붉은 피 철철 흘리며

가야 한다 우리들 두 귀에 죽창과 여린 팔다리뿐이더라도
가야 한다 우리들 두 눈에 찢기고 찢긴 망막의 피눈물뿐이더

라도 쓰러져 시야가 갈수록 흐려지는 피투성이 희망뿐이더
라도 가야 한다 우리들의 눈은 다시 태양이 되고 싶다 우리
들의 귀는 다시 수풀이 되고 싶다 우리들의 입은 다시 벼 이
삭 벌판이 되고 싶다 가야 한다 우리는 허리 다친 반병신이
아니라

　　온전한 인간이므로
　　온전한 인간이므로

　어떻게 우리는 살아왔는가 강요당했으니까 어쩔 수 없는
일이기도 했지만 세 시간이면 가는 거리를 분단 40년 그 피
의 투쟁사로 메꿔왔다 현재의 싸움 속에서 미래는 이루어
지고 있다는 듯이 미래향은 이루어져가는 진행형의 틀이라
는 듯이 그 예감만이라도 조금씩 우리들의 구체적인 피안(彼
岸). 우리들의 싸움이 집적되어 그 집적이 나날의 미래로 되
어간다는 듯이, 구체적 설계 운운은 논리적 장난이었으니까

　　사랑, 설움, 그리움, 갈수록 깊어갔고

갈수록 분단되어갔다 후회할 수는 없어 돌아갈 수 없으니까 포기할 수도 없어 가면서 생각해야 해 우린 얼마나 터무니가 없는 민족으로 남을 것인가 두 시간이면 자동차로 대전에 닿지만 평양 가는 거리이기도 하다 우린 얼마나? 분단 이후에 태어난 우리들은 얼마나 가야 신의주에 닿을까 해방 40년? 분단 40년? 서기 2000년?

오늘 밤 매판의 도시는 다시 휘황찬란하다
완강하게 갈라진 채로
오늘 밤 사랑의 결도 갈라져 끼리끼리 뒤채이리라
안녕. 이 밤도. 그대를 위해 잠을 자지 않겠다.

5

마침내 내가
발을 디디면
그대 바닥은 떨릴까
떨릴까 물결이 넘실넘실
먼저 다가와
물결은 내 발바닥 바로 밑에서
삼킬 듯, 혀를 내밀고
세상이 숨죽일 때 홍수에 뒤덮이는
잠수교
그대 마음은 떨릴까
떨릴까, 내 마음도 강 건너 저편 가난한 마을에서
물결이 또한 가난한 불빛들을 깜빡깜빡 몰아와
강 위에 불빛 불빛 불빛
내 발등을 적시고
그대 슬픈 시멘트 바닥을 적시고
디딜 자리 하나도 없이
마침내 내가 발을 디디면
그대 몸은 떨릴까

잠수교
아픈 삶의 낮은 깊이여

삶은 무엇이었던가? 문학은? 무엇이었던가 그랬어 문학
도 억압된 행간의 정서 분단된 정서에 얽매여 살아왔어 우리
는 한쪽에서 이 남쪽에서 날고 뛰고 기면서 길길이 외쳐봤
어도 우리들의 가정은 우리들의 이불은 우리들의 단란한 저
녁 식사는 대화는 아아 분단의 산물이다 달콤한 과일의 맛조
차 그랬으니까 오렌지주스니 환타니 마주앙이니 그리고 사
과 단물이니 배 단물 어디 언어의 맛뿐이었던가 문학 안에서
의 구원이거나 예술적 남북 화해 우리들의 문학은 문학적 해
결주의거나 예술지상주의적인 화해 우리들은 남녘에서 남녘
의 밥을 남녘의 공기를 먹고 마시고 살았다 남녘 거점의 문
학 남녘 위주의 문학 남녘 정신의 문학 남녘 주도 구원의 문
학이었어 그 밖은 아무렇지도 않은 분단 시대가 태평성대 지
엔피가 치솟고 살림살이가 향상됐다지만 그 밑에 깔린 없는
자들의 신음 소리 얼마나 무거웠던가 밑바닥 밑바닥으로만
스며들 정도로 스며들다가 드디어 분출된 혁명 4월에 개나

289

리 5월에 피 그 피가 우리를 깨닫게 해 그 처참한 피가 우리를 찬란하게 깨닫게 해 북녘도 마찬가지 자연스러이 한 몸으로 지내던 것이 둘로 갈라져 있다면 그리고 찢겨진 아픔 통곡의 세월이라면 책임은 양쪽에 있는 거니까 어느 한쪽도 우리 뜻대로 우리의 쟁취로 그리된 것은 아니니까 버림받은 자 버림받은 채 만나기를 원하는 자 진정 가진 것 내팽개쳐야만 획득할 수 있는 통일의 정서는 남에서 못 살고 북으로도 못 가고

　　떠돌다 떠돌다 휴전선에서나 머물 수 있을까
　　있을까 목숨의 끝 휴전선 찬란한 대낮 혁명적
　　일상과 일상적 혁명의 사이 피 흘리며 먹고
　　살면서 사우면서 우리들의 버림받은 목숨은
　　떠돌다 떠돌다 휴전선에서나 머물 수 있을까

　휴전선은 비무장지대 노루 사슴 온갖 식물과 잡초 더미 고사리 더덕 산삼 사이로 시냇물 넘쳐흐르는 물고기의 천국 다리 잘린 채 썩는 사람 시체의 실개천이 지뢰밭과 뒤엉켜 있

는 곳 봉건시대의 낙원과 제국주의적인 지옥의 2분법이 유난
히 하얀 이빨로 낯설디낯선 피부색으로 몸냄새로 징그럽게,
잔혹하게 웃고 섰는 곳 외제 무기의 땅 이곳은 필요하다 따
스한 사람의 피가 필요하다 사람의 냄새 이 땅의 주인인 조
선 사람의 체온이 필요하다 역사는 이미 자행된 것 다만 인
간의 혈관 속에 든 미래 지향적 해방의지가 필요하다 싸움의
피 끓는 피 그 과정에서 완성되는 아름다움이 필요하다 통일
의 정서는 무엇일까 완성되어가는 흙바탕 죽음으로 기름진
일상? 그것이 갈등으로 보이고 그 갈등이 다음 단계의 일상
으로 보이는 떨리는 긴장? 그것이 미래 건설의 인간적 토대
가 되는? 넘나들어야 해 이쪽저쪽을 완전히 옳고 완전히 그
른 쪽은 있을 수 없어 이 분단된 나라 분단된 정서로는 우리
들의 악수는 얼마나 가시밭길 같을 것인가 통일은

사랑과 증오의 변증법
절망과 희망의

절망과 희망?

어쩔 수 없이 우리는 불행하다
6·25 이후에 태어난 우리들은

그리고 세월은 또 얼마나 무지막지하게 흘러왔던가?

그러나 우리는 행복하다
80년 5월에 이 땅에 저질러진
치명적인 역사의 빛을 보았으므로

그리고 세월은 또 얼마나 무지막지하게 흘러왔던가
나는 지금도 생생하게 기억한다 철저하게 기억한다
북녘의 수재 구호물자들이 들어오던 인천부두의 밤을
거리는 밤새 불야성을 이루고
사무실도 나이트클럽 살롱 어제 그 집도 외국 선원이 아닌
조선 사람들의 찬란한 자본주의
자본주의는 홍수로 홍청망청댔다
하역부 전원에게 에이급 화이바와

새 작업화와 점심값 5백 원까지 지급됐지만
진정으로 우리가 남에게 전 세계의 민족들에게
과시해야 할 것은 무엇이었던가
자본은 우리의 것인가 자본주의는 우리의 것인가
남한 우리들은 소주잔을 기울이며 술렁거렸을 때
북녘 너희들에게 묻노니 너희들이
우리가 아닌 남에게 전 세계의 제국열강들에게
과시해야 할 것은 또한 무엇이었던가
새로 색칠한 페인트 냄새? 어설픈 공산주의?

　남한 우리들은 시세 폭락한 돼지갈비를 구우며 쑥덕거렸
을 때 컬러텔레비전 그 총천연색 체제선전 눈감고 아웅하는
화면을 꿰뚫고 그 선전선동의 껍데기를 꿰뚫고 아아 우리들
이 먹을 쌀이 튀어나왔다 우리들이 입을 옷감이 튀어나왔다
우리들이 집 지을 시멘트가 튀어나왔다 튀어나와

　우리들의 대화를 꿰뚫고
　우리들의 시야를 꿰뚫고

급기야
우리들의 뇌리까지 꿰뚫어버렸다

찢긴 뇌리가 꿰뚫리며 꿰뚫리는 끈으로
이어지는 아픔과 기쁨 우리들이 입는 옷감을
그대들도 입느냐 우리들이 먹는 쌀밥을
그대들도 먹느냐 우리들이 섞는 시멘트와 자갈을
그대들도 섞느냐 밥과 옷과 집과 우리들의 희망
우리들의 공동체 우리가 빚는 떡과 우리가 마시는 술과
우리가 사랑하는 이불 차가운 눈 더미를 덮듯이
그대들도 덮느냐 그대들도 차가운 구들장에
눈물 섞어 누추하고 소중한, 가난한 행복으로 깔고 덮느냐
갑자기 우리들 아름다움의 바탕이 허물어지면서

　허물어지는 만큼 완성될 수 있다는
　전율, 그 불안하고 기쁜
　소름 끼치는 예감
　피냄새도 섞인

충격이 감동으로 오고 감동이 충격으로 오는
일상적인 것들 그것을 통한
일체화, 물론 아주 하찮고
단계적인 것에 불과했지만

유신체제와 도끼만행 그리고
한미일 군사안보삼각체제?

갑자기 생각났다 나는 해방전후시대
그 자갈 깔린 비포장 길바닥에서
쏟아져 나와 깃발 흔들며 만세 부르던 분위기가
혼란스러웠다지만
어쨌든 하나였지 않았던가? 안정이라고 하지만
도대체 우리가 성한 정신인가 경의선 철도를 잇자는 제안이
우리에게 왜 이토록 낯설고 신기한가?
경부선을 타고 다니는 것이 그처럼 낯설고 신기한가?

그러나 바라기만 할 일이 아냐 피 뿌리며 몸소 갈 일이야

그리고 다시 돌아갈 수는 없어 흐뭇한 기분으로 객관적으로
바라본다는 것은 얼마나 방관적일 것인가? 잘못 흐른 분단
40년의 정서가 어떻게 하루아침에 씻겨질 것인가 분단에서
만남으로 가는 길은 죽음뿐일까?

   다시 돌아갈 수는 없어
   중공 북간도에 있다는
   한복 입고 강강술래 하는
   소수민족의 한인 마을로
   돌아가서도 안 돼, 왜 우리들의 관제(官製) 놀이는 언제나

    원형으로 끝나는가 언제나
    앞으로 나아가지 못하고?

왜냐하면 어쨌거나 역사는
저질러졌지만 그와 동시에
이루어졌으므로
왜곡되었지만 이만큼 와 있으므로 인간성은

고통에 변질된 채로
그 고통을 통해 고통만이 아는 참된 경지로 나아가므로
우리들은 치명적인 역사의 빛을
이 형벌의 한반도에서 보았으므로
그리하여 우리들의 강토는
오염된 채로 유린당한 채로 우리들을 젖 먹여 키웠으므로
이제 우리들이 우리들의 힘으로
어머니 대지를 씨 뿌려 갈아엎고
구원해야 하므로
눈물로 눈물로 슬퍼할 수만은 없는 일이므로
살 섞은 채 뒤엉킨 채로 모두 데불고
진보했으므로 가야 하므로

  소름 끼치던 것은
  낯익어짐으로써
  고통이자 구원의 무기가 되어야 한다
  광주학살이 우리들의 살과 피로
  우리들의 가까운 이웃으로

죽음과 삶이 한통속으로
미래의 해방을 향해

　노래하며 결단하라 짓밟혀 핏자욱 낭자한 옷매무새로 쓰
러진 채 주위에 아무도 없고 앞길 막막하고 운동장은 텅 비
어 휑하고 바람에 나부끼지 않는 낙엽뿐 인생은 역사가 무엇
인지 목숨이라는 것이 뭔지 왜 이리 덜덜덜 떨리는지 절망적
이고 회의적이고 비관적이고 도무지 다시 내 한 몸 일으켜
세울 수 없는 이 괴로운 지상 홀로 남아 고독하다 고독하다
는 생각이 들 때 노래하며 결단하라 동지는 간데없고 깃발만
나부껴 끝없이 끝없이 노래하며 결단하라 이것이 다인가?
묻기를 그치지 말 것 싸움은 끝나지 않았으므로 모였다가 흩
어지고 산산이 부서질지라도 싸움은 끝나지 않았으므로 텅
빈 운동장에선 벌써 흘러간 유행가 가락 흘러나오고 낙엽 우
수 그리움 따위 슬프디슬픈 지배이데올로기가 우리 가슴을
적셔온다 거부하라 노래하며 결단하라 싸움은 아직 끝나지
않았으므로 집에 들어와 발 닦고 앉아도 저녁 숟갈을 들어도
한밤중 이불을 덮고 누워도 우리들 사랑과 싸움은 엄연히 완

성되지 않았으므로 아아 대한민국 아름다운 강산 괴로워라
아름다움은

　아름다움은?

　온몸 갈가리 찢길지라도
　이 괴로운 광채의 밤이
　분단의 고문틀인 한에는
　그 속에 들어 있는 인류 구원에의
　권리를
　포기하지 않기로 한다

　　해방됨은
　　논리 이전에 일상화를 통한
　　분단 극복 정서의 이룸
　　그것의 집적일까? 별건 아니겠지만

그대는 산을 보고 무엇을 생각하는가 등산 오락과 쇠고기

돌구이를 생각하는가 은근함과 솟구침의 치열한 갈등이 어우러져 이루어진 놀라운 민중 역사 발전의 전형 그대는 바다를 보고 무엇을 생각하는가 해외 유학을 알프스 머나먼 눈 덮인 산꼭대기를 생각하는가 우리들이 싸우고 지켜야 할 공동체와 침략과 피 흘린 생계의 바다 소금 바다 짠 바다 그대는 생각하는가 사랑을 어여쁜 애인과 혹은 아내와의 안락하고 단란하고 달콤한 가정이라고 생각하는가 그리하여 결혼과 갈 길을 놓고 양자택일하고 있는가 정조와 프리섹스를 놓고 양자택일하고 있는가 사랑은 사랑은 우리가 함께 겪을 사랑은 함께 이루어야 할 미래의 힘 혹은 젖줄이 되는 다시금 피땀 묻어 힘찬 노동이라고 생각하지 않는가?

　　거부하며
　　받아들이는
　　사랑·갈등·통합·극복
　　탈이데올로기의 해방
　　탈이데올로기의 이데올로기……?
　　해방이자 통일이자 과정이자 집적인

과정의 집적의 단계적 완성인

어떻게 제가 그대로부터 벗어날 수 있으며
어떻게 그대가 제게로부터 벗어날 수 있겠습니까?

그렇다 통일논의조차도 분단된 체제 속에서 분단된 계층
속에서 분단된 논의였으며 분단된 논리였으며 분단된 학문
정신이었으며 분단된 문제였다 학교에서 재판정에서 왕복
서신에서 분단을 밥과 반찬으로 먹는 이 시대의 감시인 앞에
서 분단 체제를 교묘히 피해 오며 가며 나누었다 분단된 통
일을 우리는 행간에 숨은 도망자들 우리는 그 과도기적인 수
법이 몸보신의 전술 전략이 어언간에 마침내 우리들의 주인
노릇을 하고 있는 것은 아닐까 임시방편이 돼버린 목표 목
표가 돼버린 임시방편 그 사이에 이름없이 죽어간 사람들의
피! 피! 피! 학문적 논리와 행간적 논리의 식민지적 관계 그
사이에 배우지 못하고 죽어간 사람들의 피! 피! 피! 조직 없
는 이론이니 이론 없는 조직이니 실천 없는 이론이니 이론
없는 실천이니

진실은 복잡하고 거짓은 단순하다 랄라
진실은 단순하고 거짓은 복잡하다 랄라

해방이 와도 식민지는 우리들의 땅
피와 살과 뼈와 눈물로 썩어
뒤범벅인 채로 우리가 우리들의 식구가
함께 일구고 함께 땅이 되어온 땅
식민지는 우리들의 땅 이 한반도에서
울음과 웃음으로 고통과 희망으로 사철 꽃 피고 지고
흘린 피 얼룩져 얼룩진 누이의 모시적삼 아름다워라
봄이 와도 식민지 분할통치는 계속되고 있는가?

밤이오고있소밤도제스스로갈라지는밤이오깜깜한
밤휘황찬란한밤신음소리와내밀한교통입을가린음
모의밤사랑과전쟁과증오의밤기다려하모니카부는
밤잔치의밤굶주린밤끌려간고통이생명을잉태하는
밤별빛총총한사이로따스한밤달은배때기로다디룩

디룩살찐비계로다동냥그릇두들기는밤울밑에귀뚜
라미우는달밤우리그리움은어디로흐르다가또제각
기흩어지는지밤이오고있소제스스로도뒤채이는밤
우리갈라져잠자리에누운어느지하도추운맨바닥그
리움에젖은육신처럼

너는 실천이다! 그래, 너도 먹고 물러나랏!
너는 참여다! 오냐 그래, 너도 먹고 물러나랏!
너는 예술성은 없지만 의식을 사주마! 너도 먹고 물러나랏!
나는 순수고 너는 참여고 나는 예술이고 너는 선전이고

　구호고 사랑하라 이 저주받은 땅을 나는 고독 그리움 별빛
가물거리는 가을 뜬구름이고 장밋빛 인생 너는 투쟁이고 치
열한 만남의 변증법 땀냄새 피냄새고 공동체고 해방이고 이
글이글 타는 태양이고 그러면 됐지 않느냐 그리고 썩은 세상
은 갈라져 유지됐다 썩은 다양성 부패의 자양분 먹고 억눌리
던 사람들은 계속 억눌렸고 억누르던 사람들은 계속 양심의
가책도 없이 억눌렀다 땀내 나는 외로움 타는 목마름 피 묻

은 별빛 싸움의 장밋빛 공동체 선전적 감동 예술의 대중화노
선 오오 오늘 밤 또 얼마나 많은

말(言)들이 허공을 난무하다가
지상에 떨어져 시체로 나뒹굴 것인가

꽃잎에 묻은 생산의 살기.
이루지 못한 촌철살인.
완성될 수 없는, 왜냐하면
진보에는 끝이 없으므로 우리들은 영구히
전사자 명단일 것이므로
그리고 또한 뒤통수를 치듯이
진보를 인간화시키는 눈물의
갈등적인 소금기.
눈물의 감쌈.
눈물의 벅찬 통로, 완성될 수 없는. 왜냐하면
감싼다는 것은 가슴 아프게

감싸인 것이 아픈 가시로 가슴을 쿡쿡 찌를지라도
끝없이 펼쳐지는 가슴이어야 하므로

안녕. 이 밤도.
그대를 위하여 잠을 자지 않겠다.

6

용마루 고갯길 참 시원하게 뚫렸더라
내 기억은 항상 구한말에 닿아 있다
어릴 적 한식 기와집들이 빽빽이 들어차
그 사이로 꾸불꾸불 이어진 골목길 따라
내 기억 속은 언제나 거미줄이다 우리나라의 역사는
끊어질 듯 이어지면서
어디까지 닿아 있는 것일까 그 용마루길은 이제
이마처럼 시원하게 뚫려 있지만
밤이면 완만한 경사로 올라가며
3류 영화처럼
습기 차 휘황한 가로등 주욱 늘어서 있고
매춘의 땀 덕지덕지 묻은 화장품 내음 풍기며
천국으로 가는 길
오르는 길은 시원하지만 몸값은 싸지만 갈 곳은 분명하지만
내 기억력은 언제나
거미줄이다 왜 우리나라 역사는 언제나
시원하면 섭섭하고

섭섭함에 축축한 습기가 서려

무언가를 잃어버린 듯한

아픔이 저리도 휘황찬란한 것인지

나는 옛날처럼 그 거미줄 같은 골목길을 더듬으며

콩 심은 백설기를 먹으러

잘사셨던 이태원 큰이모님댁을 찾아가지 않는다

잔칫날도 찾아가지 않는다 용마루 고갯길

천국에 닿는 그 4차선 도로를 넘으면

용산 지나 금방이지만

그 길은 6·25 때 미군의 집중포화로

초토화가 된

조선 서적 건물이 있던 곳

지하실에 미처 폐기 못 한 지폐가 몇 다발 있었다던가

쏘아댄 포탄에 양민들의 시체가 걸레 더미처럼 널브러져

나뒹굴며, 잘려 나간 손쓸 사이도 없이

잘린 팔 위에 잘린 다리가 피투성이 가슴 위에 피투성이 대갈통이

장작처럼 쌓이던 길이다

지금이라고 달라진 것이 무엇인가

돈이 사람을 죽이는

저 습기 찬 휘황찬란한 가로등 길에서

돈이 사람을 팔고 사는

지금이라고 달라진 것이 무엇인가

6·25가 터지고

이태원에 미군 부대가 창궐하고 나서

큰이모님이랑 그 이쁜 딸은

어찌 되었는지

어떻게 되었는지

그리운 당신

한국적인 슬픔이란 것이 있지

조선백성적인 슬픔이란 것이 있다

학살당한 남편의 시체를 부여잡고 통곡을 하는

거창 아낙네의 얼굴에서

광주 그 새까맣게 타버린 주검과 관과 태극기와

막을 수 없는 깃발 흩날림 속 막을 수 없는

조선 어머니들의 흐느낌의 힘 속에서

그 슬픔은 우도 아니고 좌도 아니다

어디 그뿐인가

우리들 모두의 가슴속에는

유리창에 부빈 얼굴처럼

입술과 코가

양볼과 눈 가장자리가

분간 못 할 정도로 한데 문드러져

형체를 알 수 없는 어떤 짓밟힘의

두 눈 흡뜬 거역의 표정을 이루는

얼굴이

못 박혀 있다

베트남 참전 미군 병사의 전사체 속에는 없는

인민사원 그 광기 어린 자살 소동 무수히 널브러진 떼죽음
속에는 없는

아니 소련이나 중국 혁명 전몰기념비 명단 속에는 없는

조선백성 학살당한 표정이 우리에게는 있다

팔레스타인 난민들이나

아시아 아프리카 라틴 아메리카

아일랜드 아메리칸 니그로 아메리칸 인디언 그리고 또……?

그리고 한반도에서

슬픔조차 분단당한

우리는 순박한 백성인가

슬픔을 통해

구원으로 가는 백성인가 우리는

우리들의 주검은 표정도

영원한 최후의 몸짓도

색깔도

냄새도

분위기도

운명도 다르다 그리고

우리들의 비극 속에는

몇백 년 식민지 여성수난사가 있다

되놈에 수천씩 바친 처녀공물

대일본제국 정신대 그 음부의 고름마저 썩어

부끄러움마저 썩어 문드러지는 치부에서

대검에 배를 쑤심당한 임신부까지
바닥에 내팽개친 태아를 부여잡고
피비린내 튀는 목소리로 내 아기 내 아기 외치며
그 임산부는 무엇을 거머쥐었을까
거머쥐며 죽어갔을까 이 학살의 땅에서
어디 그것뿐인가
미군 지프차에 실려 파티 댄서 파트너로 집단수송되어갔
다는
김활란의 ○대생 그리고
육사 축제 호스티스로 긴급수송된
○대 무용과 학생들
그리고 물론 심수봉이 있지
그러나 우리가 겪는 식민지 여성수난사는
이런 모든 것들을 하나로 뭉뚱그릴 정도로 거대하고
치열하게 너그럽다 식민지에서도
여성해방이 오고
식민지에서 여성해방은 온다
죽음과

투쟁을 통해서
참혹하게 아름다운 모습으로 온다

그리고
여대생 추행……?

해방의 길이었을까 몸 내팽개치며 에이 ×팔놈 팔 물어뜯
거나 가련한 가련한 몸 하얀 살결 치떨려 그 위에 털 난 손
가련한 여자의 일생이었을까 회사 측 동원 깡패들의 파업진
압 똥물세례 몽둥이찜질 앞에서 앞가슴 찢어발겨 분연히 알
몸으로 실상은 눈물이었을까 이 세상을 버팅기는 것은 그 수
치심에 눈물 섞어 불에 활활 태워 날아라 옷조차 거추장 거
추장스러워라 실상은 불이었을까 물이었을까 알몸으로 피멍
든 두 팔다리로 대항했던 여공들은 그 무엇? 이루어야 할 최
고의 아름다움? 지켜야 할 최후의 보루와 버리며 가야 할 길
과 버려야 이루어질 피 묻은 미래 사이에서

환상입니까

환상입니까

여자가 그 앙칼지고 부드러운 여성과

모성으로 자유와 평등과 해방을 누리는

누리면서 이루는 세상을 바란 것은

환상입니까 인간성에 대한 확고한 집착과

확고한 집착의 보수성 사이에서

그리고

그리고……?

　눈꺼풀 위로 스쳐오는

　그 입술 입맞춤은

　가만히

　빗물 쏟아져 내리는 소리 같지요

　귓구멍 속으로 밀려오는

　그 입술 그 혓바닥은

　살며시

채우며 넘치는 강물 같아요

　여대생들이 이대생들이 마라톤을 하는 가을 체육대회 교
문 입구였다 학보 사진은 좌우로 늘어선 방독면 마스크 전경
들 삼엄한 대열이 양쪽으로 늘어섰고 최루탄 냄새 얼룩진 복
장 그 경계 혹은 그 호위 사이로 여대생들이 이대생들이 한
줄로 달음질하며 뛰어나왔는데 출정 혹은 입성 흑백시대는
안정의 기반 아니면 적대감 넘친 적과 동지 물론 사회는 경
제개발 5개년 이루어진 찬란한 5색 컬러시대 그 낯설고 무
서운 전경들의 몸속에서도 인간의 붉은 피는 흐르고 있는 거
였지만 위기일발은 폭풍 전야의 정적이라고 다시 깜깜한 이
안정기조의 흑백시대에서 증오? 나는 전경들 초록옷 때문에
산천초목 색깔도 끔찍하더라 그 대열이 그 경계가 그 호위가
그 안정이 무너져버릴 날 있으리 있다면 있어야 한다면 참혹
하게 무너져 짓밟히고 빼앗기더라도 우리 사랑하리라 짓밟
힌 그대의 몸을 안쓰러움으로 안쓰러운 채로 안쓰러움에 길
길이 뛰며 그 짓밟힘의 세월이 관통된 후의 그 처참한 희망
의 미래를 믿듯이 목숨과 죽음과 처참함 속에 든 해방을 믿

314

듯이 행여 그대 지금 현재 그것이 영원히 무너지지 않을 것
으로 믿거나 그것이 무너진 다음에 누가 그대를 가련한 여인
으로 취급하리라고 믿지 말라 슬퍼하거나 두려워하거나

　　환상입니까

　　그대의 순결함 또한
　　날 선 채 서슬 푸른 식칼이 되는

　반대한다 반대한다 그대 쓰러질 때가 온다 쓰러짐마저 힘
일 때도 올 것인가 그대 미래를 믿듯이 순결함의 힘을 믿으
라 우리가 이리도 슬프도록 싸우는 것은 또한 그대의 순결함
을 지키기 위함이며 죽은 자의 죽음을 우리가 우리들의 피와
살과 목숨으로 받아들이듯이 해방으로 받아들이듯이 그대의
짓밟힌 순결 또한 받아들이기 위해서 반대한다 받아들인다
반대한다 받아들인다 그대의 순결은 그 무엇을 받아들이고
더욱 순결해질 것인가 혁명적으로? 혁명적으로……!

눈꺼풀 위로 스쳐오는
그 입술 입맞춤은
가만히
빗물 쏟아져 내리는 소리 같지요

귓구멍 속으로 밀려오는
그 입술 그 혓바닥은
살며시
채우며 넘치는 강물 같아요

  나는 그대가 남성화가 아니라 좀더 앙칼지기를 바란다 여
자의 혁명적 여성과 남자의 혁명적 남성과 나는 다만 그대의
수치심도 괴롭더라도 괴로운 앙칼짐의 자리로 해방되기를
바란다 그대의 남성화 부끄러움마저 내팽개친 철면피가 장
하다 장하다 눈물겹다지만

  안쓰러움은 보수주의일까 괴로운 집착?

나는 다만 그대가 충격으로 버리는 일뿐만 아니라 여성의
힘을 차근차근 놓치지 않기를 바란다 부드러움 속에 든 칼날
을 받아들임 속에 든 섬멸 작전을

아름다움이 아름다운 채로 혁명에 기여하는 세상이 되기를
바란다 가위눌린 꿈일지라도
터질 듯한 가슴일지라도
버리는 것은 얼마나 비인간적인가

돌아갈 수 있을까 그리운 미래 앞으로 올 과거 따위
우리들의 정서는 우리들의 서정성은 우리들의 그리움은
봉건시대에 매여 있다 우리들의 꿈은 제국주의에 가위
눌려 있다 우리들의 사랑은 신음 소리 아파 아파라

그러나 밑바닥에서 삶은
영등포시장 과일 좌판 위에서
우동을 마는 아낙네의 거친 손바닥 위에서
밑바닥에서 삶은

철야작업 타이밍 알약을 먹는
미싱대 위의 파리한 여공 그 지친 눈동자 속에서
가위눌림이면서 동시에 해방의 정서였을까?

이 세상을 버팅기고 있는 것은
고층 빌딩 번들거리는 안경 그 따위
화려한 것들 아니라
실상은 자그마한 눈물방울 아니었을까
위로 위로 치솟아 오르는

치솟아 고향에서 어머니로 그리움으로 그리고
설움으로 이어지는
눈물의 복고적 정서화가 아니라
어머니에서 한 여자에게 그리움으로 고향으로
다시 빼앗김의 정서로 역사의식으로 면면이 이어지는
그리고 설움과 분노와 사랑의 상호변증법적 상승으로
그리고
무기로서의 사랑

분단 극복 미래 지향 해방공동체에 대한 열망으로
결연히 이어지는
눈물 한 방울
경험의 정서화 그리고
경험정서의 무기화

오오 추억이여 추억이야 핏발 서려라

그리운 당신
한국적인 슬픔이란 것이 있지
그 슬픔은 좌도 아니고 우도 아니다
어디 그뿐인가
우리들 모두의 가슴속에는
유리창에 부빈 얼굴처럼
입술과 코가
양볼과 눈 가장자리가
분간 못 할 정도로 한데 문드러져
형체를 알 수 없는 어떤 짓밟힘의

두 눈 홉뜬 거역의 표정을 이루는
얼굴이 못 박혀 있다.

그리고 산 사람은 또 어떻게……

지금도 그는 주린 몸을 떨고 있으리
어느 비에 젖은 완행역 자그만 마을에서
철길은 눈물로 반짝일 것인가
자갈은 또 빗물에 젖어 저희끼리
몸 보듬고 있을 것인가

추워라 가난해라, 찬란하여라 그대.

7

장마 붉덩물 그쳤다
휩쓸며 할퀴던 물살도 그쳤다 잠수교
햇빛에 산산이 파헤쳐진
그대의 기인 통로여
상처받은 몸이여
그대와 나 부끄러운 몸
몸둘 바 모를 때
그것은 아직 젖어 있는 꿈만 같아서가 아니라
잠수교 목메인 감격만 같아서가 아니라
아직도 진정치 못하고 출렁이는 파도
아주 낮은 세상이 위태롭지만
아주 낮은 처지가 무척 소중한 것으로
문득, 갑자기, 내 뇌리를 때리는 것처럼
뻗어나간 그대 슬픔의
길이가 내게 너무도 가까이 있다 잠수교
내 얕은 삶의 깊이 속에서
까마득히 잊고 산 것이 이렇게 얕은 곳에서
안쓰럽고 아까운 것으로

그대는 나를 감싸고 나를 동참시키고
나를 상처 입히고 있다
우리의 눈앞에 이리도 찬연한 모습으로 나타나
그것은 정말 꿈만 같아서가 아니라
그것은 정말 떠나간 옛 애인의
생생한 살내음만 같아서가 아니라
우리 몸 쉽사리 깨우치게 하는
발바닥 밑 혈액이 도는 땅바닥
잠수교
따스한 흔들림 하나
그러나 굉장한 흔들림
굉장한 그대와 나의 부활
잠수교

왜 우리들의 성기(性器)는 손바닥 한가운데나 발가락 사이
아니면 털 난 가슴 한복판에 떡하니 붙어 있지 않았던 것일
까 형이하의 위치 감추어진 추함의 미학 그것으로 명동의 화
려한 거리는 화장 짙은 여자들의 냄새가 코를 찌르는 것일까

애인의 갸름한 얼굴은 밤마다 사내의 털 난 가슴 속에 파묻혀 있고 그래서 눈앞의 네온사인 저리도 길길이 발악을 하겠지 치욕의 미학 아니면 연민의 삶? 그대가 아직도 악착스레 지니고 있는 2분법은 그 무엇? 형이상과 형이하의 생김새의 비극적 차이였을까 오버나잇 썩쎄스 원색뿐인 화장품 그 어질머리 뇌쇄시키는 드러냄의 충동은 그 무엇?

　　그대에 대한 나의 걱정은? 그대에 대한 나의 안심은 그 무엇? 소유에 대하여? 사랑에 대하여? 질투에 대하여? 해방에 대하여? 그대가, 그대를 통해서 내가 아직도 발 빠져 있는 그 진흙창은 그 무엇? 욕망? 식민지? 그리움? 멀리 떨어져 있음? 떨어져 있는 그대와 나 사이를 메꾸고자 하는 그대의 피 묻은 몸부림은 오늘 밤 밤하늘을 비린내로 채울 수 있을 것이다 나는 다만 그대와 나의 사이에 대해서 채울 수 없는 그릇으로 남아 있을 뿐 그 채울 수 없음이 하늘보다 더 크기를 포기하지 않을 뿐이다 그 피가 사랑의 피 해방의 피이기를 바랄 뿐이다 기다림으로 튀어나온 내 눈동자 속에서도 어지러운 별이 휘황찬란하다 채울 수 없음으로 지상의 모든 죄악을 괴로워하리라 그대를 사랑하는 백지장 같은 마음으로 그 위에 씌어진 그 위에 저질러진 모든 행위를, 고통이 힘으로 변할 때까지 혁명으로 변할 때가지 삶의 절실함은 승리할 수 있을 것인가 아름다움에서? 예술에서 예술의 무기화에서? 일하는 자는 아름다울 수 있을 것인가, 그 번잡한 땀 냄새로? 하고 쓰는데 문밖에선 청소부 아줌마들이 계단을 물로 쓸고 있다 큰아이는 무서운 모양 내 방문에 와서, 아빠, 아빠, 집에 물이 들어오는데 어떡허지? 괜찮다 괜찮아 애야 안심해라 그 물이 안방까지는 죽어도 못 들어오게 할게 주름살 찌든 못생긴 야구르트 아줌마도 분홍빛 안방까지는 못 들어오게 할게 빗질 소리 써억썩, 아빠 아빠? 성병은 무슨 모습으로 오는가 크리스찬 디오르 랑콤 화장품 불란서 패션 앙드레 김 화려하고 연약한 아픔과 같이 투명한 실크 옷감의 아름다운 육체로 오는가 성병은 무슨 표정으로 오 오는가 간절히 바라는? 못 참고 비비 꼬는? 현기증 나도록 황홀한? 오오 우리들의 부모와 아내와 식구들이 살고 있는 이 식민지 낮과 밤이, 어둠과 빛이, 환성과 비명 소리가 교차하는 도시에서 성병은 무슨 자세로 오는가 무릎 꿇고 얌전한 처분대로

의? 헬프 유어셀프? 외세침략 관광기생의 자세는? 일본에서
고급으로 인쇄해온 각선미 날씬한 포스터는?

 색즉시공이요 공즉시색이라

  이임진왜란 때 죽차앙에에 뚫려었나
  쭉 찌져어지이기이느은 왜에 찌이저져
  유우기오 동난 때 포타아네에 마자았나
  우움푹 하아기이느은 왜애 우움푹해
  겨엉제개애바알 때 매여언에에 쏘여었나
  시이커멓키이는 왜애 시이커어매

아아 성병은 얼마나 향긋한 내음으로
오는가 얼마나 보드라운 살결로 오는가 얼마나 상냥하고
요염한 눈짓으로 오는가
소름 끼치는 방향으로

왜 우리들의 성기는 손바닥 한가운데나 발가락 사이

무좀과 함께 아니면 털 난 가슴 한복판에 버젓이 마른
버짐으로 붙어 있지 않은 것일까 마지막으로 하느님은
단 한 번 기쁨의 은밀성을 통해
우리들을 당신께 붙잡아두고 싶으셨던 것일까?
기쁨을 통한 속박
아니 쾌감을 통한 본능
은밀한 쾌감의 도구로 은밀하고 축축한 죄의식의 자리
그곳에 두셨던 것일까 그래서 시작되었을까 집을 짓고
안방을 짓고 구들장을 놓고 비단이불과 장롱을 짓고
담장을 쳐 외세침략을 막는
우리들의 음습한 가계사는?

우리들의 뇌리 속에서
바퀴벌레 그 흉측한 벌레는
습기 찬 집 안, 은밀한 구석에서만 사는
어떤 끔찍한 것이지요
여러분들은 수풀과 산과 대초원이 있는 곳에 사는
바퀴벌레를 생각해보신 적이 있으십니까?

그곳에 두셨던 것일까 아내는 오순도순 사는 것이 뭐이 나
쁘냐고 둘만 오순도순 잘 살자는 것이 아닌데 뭐이 나쁘냐고
그곳에 두셨던 것일까 넓은 들판 오곡백과 풍요롭게 익어가
는 그곳에 두지 않고 그곳에 펼치지 않고 아내는 제가 생활
에 찌들려서 그렇지 돈만 아는 여자는 아니잖아요 그곳에 두
셨던 것일까 공사판에 두지 않고 싸움터의 현장에 두지 않고
아내는 모든 것을 받아들이겠다 하고 삶의 찌듦을 아름다움
으로 받아들이겠다 하고 사실은 아름다운 아내 아름다움 속
엔 얼마만큼의 종교성이 들어 있는지 종교성 속엔 얼마만큼
의 피해의식이 들어 있는지 피해의식 속에는 얼마만큼의 강
자의 논리가 강자의 논리 속에는 얼마만큼의? 빼앗는 자의
종교 빼앗기는 자의 종교 뺏고 빼앗기는? 해방의 종교여 해
방된 종교여 간직하고 싶은 것 몰래, 혼자서, 나만의 것으로,
간직하고 싶은 고해성사(×꼴리는) 그 속에 얼마만큼 모두가
속박되어 있는지 가해자가 피해자가 모두 사랑에서 미움으
로 비인간화

왜 우리들의 성기는 손바닥 한가운데나 발가락 사이……

그것이 험상궂고, 초라하되 씩씩한 모습 그대로 백일하에
나와 있고 드러나 있다면 사랑은 얼마나 투박한 힘이
었던가 들판에서 곡식이 익어가는 아름다움처럼 건강한

뿌리째 뽑세 뿌리째 뽑세 잡초는 뿌리째
박서방 논도 김서방 밭도 잡초는 뿌리째
홀애비 것도 과수댁 것도 잡초는 뿌리째
무너진 흙담 빼앗긴 농토 잡초는 뿌리째
갈라진 논밭 버려진 들판 잡초는 뿌리째
우리들 세상 언제나 오나 잡초는 뿌리째
뿌리째 뽑세 뿌리째 뽑세 잡초는 뿌리째

어허 친일잡초 분단잡초 다 뽑으면
좋은 세상이 오기는 올랑가

그러나 가버린 농경사회 취바리는 받아들였다 잃어버려

핏발 선 민족적 슬픔을 받아들이듯이 인간 조건의 슬픔을 육체는 서럽고 춰바리는 받아들였다 모두 제 몸으로 돌아갈 수 없지만 돌아가서도 안 되지만 슬픈 버림으로서 해결이었지만 단호한 받아들임으로서 구원이었지만 남존여비 아름다움은 해방되지 않았지만 춰바리, 그 못나디못난 설움의 탈바가지를 쓴 채

이년이 어찌나 뒷물을 아니하였는지, 오뉴월 삼복 더위에 조기젓 썩은 냄새가 나는구나. 이거 보게 여기 참 대단하구나! 털은 왜 이리 기냐? 해금줄도 하겠구나. 아 이것 보게, 무엇을 씹는지, 짝짝 줄쌈지 소리가 나는구나.

돌아갈 수 없고 돌아가서도 안 되지만 슬픈 봉건시대였지만
아니라도 해방된 아름다움이 아닌
해방 못 된 아름다움을 위해 이 괴로운 지상에서 살며
'지금 이곳'에서 미래를 지향하는 해방에의 예감이어야 하지만
해방 못 된 다수를 위해 그 확산을 위해

구원을 위해 해탈을 거부한다 나는 해탈을 거부한다

그러나
전리품이 아닌 생산의 그릇 귀중품이 아닌 삶에의 통로
습기 차게 살아 있는 모든 것과
소중하게 죽어 있는 모든 것들을
사랑하기 위한
열린 문
더러운 욕망 아니라 소유욕 아니라
진실한 사랑에게, 진실한 사랑으로만 열린 문
개인이거나 혁명이거나
육체가 아닌 사랑에게만 열린 문 아니
육체의 사랑과 정신의 사랑의 일치
에게만 열린 문
광적인 집착 아니라
베풂의 해방무기화
상품물질 아니라 힘을 위한 협동이자 안식처

사랑하기만 한다면 사랑할 수 있으리

과거 고향 그리움으로의 길 아니라
땀 흘리고, 피 흘리되 영영 순결한
지독한 아름다움으로 열린 길이었다면
솟구쳐 하늘을 치는 산에서
파도쳐 덮칠 듯 일렁여대는 바다에서
사랑하기만 한다면
사랑할 수만 있다면
평화로운 마을에서 들판에서 손뼉 치는 인가에서

사랑은 오오 죄책감에 물들지 않고
이데올로기에 물들지 않고
일상의 늪으로 도피하지 않고
백일하에 얼마나 힘일 것인가 해방을 위해 아름다움은
더러운 쾌감에 물들지 않고 순간적인 영원성에 물들지 않고
얼마나 생애적일 것인가 집적적일 것인가 3류 영화 입간판
선정적인 무릎과 무릎 사이! 어쩔 수 없이 조금씩 열리는

그녀의 호기심! 그녀는 드디어 못 참았다! 행동시대 선언!
유리는 오늘도 집에 들어오지 않았다! 엄마, 죽고 싶어,
내 살결이 얼마나 보드라운데, 이렇게 함부로
이 따위 영화 선전문구에 몸 부르르 치떨지 않고?

미국식 프리섹스? 일본식 개방풍조? 웃기지들 말어 그 말
에는 본토가 아닌 우리나라 싱민지 상황이 들어 있는겨 마이
클 잭쓴이니 뭐니 본토 나라에서보다 우리나라 놈덜 숭내 내
는 거이 더 꼴불견이란 말여 우리들이 즈그들 나라 망하는
것가지 따라갈 건 뭐냐 말여 선진국 어쩌구 해싸도 아 같이
망할 꺼까정은 없능겨 우리는 즈그들 나라만큼 잘살지도 못
했꾸 잘살라고 즈그들 나라만큼 죄짓지도 않았어 으째서 이
제사 그 죄진 벌까정 좋다고 허겁지겁 헐레벌떡 침을 줄줄
흘리며 "나도 좀 줍쇼!" 하고 자빠졌능겨 자빠지기를 포르논
지 뭔지 그 짐싱 같은 짓거리는 왜 보능겨

아아 잘못된 민주주의여 누리고 싶은 욕망 더하기
빼앗고 싶은 욕망 더하기 빼앗기고 싶은 욕망 더하기

은밀하게 비인간적이고 싶은 욕망 변태적 욕망 더하기
겁탈환상 그 위에 유린 강간환상 더하기 강한 자의
죄지은 자의 가해·피해망상이 떠받들어 지켜주는 체위
제국주의의 체위 버팅겨주는 이조시대의 체위 버팅겨주는
그것은

　죄진 자들이 받아야 할 벌이지
　우리들이 누릴 해방이 아니다 마침내
　우리들이 간직할 사랑이 아니다

그러나 우리들은 치를 떨며 쾌감스러워한다 포르노를 보
면서 은밀하게 고통스럽고 안간힘 쓴다 자신의 영역을 지키
기 위하여 큰 물건 콤플렉스 아니다 아니다면서 그 움켜쥔
손가락 사이로 힘없이 빠져 흐르는 약소민족의 하얀 세월 쓰
디쓴 상실 그 아픈 껍질 속 알맹이까지도 배어 있다 아름다
운 이데올로기가 빼앗김에의 숙명적 체험이 우리는 아름다
움을 미래를 위한 힘이라고 생각하는가 덫이라고 생각하는
가 가정에 안주하기 위한 닻이라고 생각하는가? 서정성 있

는 아름다움 운운하며 화려하게 흘러간 시간의 과거에 대하
여 흘러간 유행가에 대하여

　세뇨,
　우리가 현재
　가진 것에 대해서.
　우리가 현재
　칩거해 있는 가정에 대해서.
　그 안온한
　계란프라이 내음에 대해서.

　아름다움을 빼앗기는 아픔을 도착된 쾌감으로 느끼며 다
시 치를 떨고 다시 죄스럽고 다시 쾌감을 자학적으로 느끼는
그 식민지의 정서적 노예가 아닌가 우리는?

　빼앗긴 것을 되찾는 길이
　되돌아가는 길은 아니다

지금 이 한반도에서 속적삼마저 찢긴 채
선 채로 쓰러진 채로
아름다움은 미래를 향해
열릴 것

　우리는?

아름다움의 껍질에 갇혀 우리는 정서적으로 일상적으로
과일 껍질을 벗기며 술집에서 직장에서 가정에서 교회에서
디스코장에서 기피하고 있지 않은가 진보적 통일론을?
버리고 완성해야 할 것들에 대해 안쓰럽고 겁탈당하는
지주의 딸에 소름 떨며, 쾌감 느끼고 잘못 느끼고 있지
않은가 우리는 우리 시대의 전쟁을 전쟁의 피를 피의
성분을?

나날이 살아감 속에서
노점 상인의 생계투쟁 속에서
논밭처럼 갈라진 아낙네의 손바닥 위에서

전쟁의 피는 그 비참한 목숨 연명 속에서
강간의 피가 아니라
해방의 피다

아름다움은 왜 힘이 아닌가
아름다움은 왜 피가 아닌가?

추신

달을 보며 살았지요
화냥기처럼 끓어오르는
새빨간 태양은 말고
좁은 이마였던 초생달
서슬 푸른 목을 매는 보름달
달을 벗 삼아 살았지요
언젠가는 진정하게 푸른 봄날이 오리라
언젠가는 이글이글 타는 여름이 오리라
언젠가는 풍요로운 열매의 가을이 오리라
언젠가는 옷매무새 가다듬는 겨울 오리라

믿었지요, 지금은 헛된 총천연색이지만
그러나 배주름 움켜쥐며 차마 뒤틀리며
까무라치지는 못한 내
뿌리여요 앙칼진 뿌리
지금은 그럴듯하게 영근 내
습성이어요 모질디모진
여전히, 화냥기처럼 끓어오르는
새빨간 태양은 말고
달만 보고 사나요 그냥
사나요

태양에서 핏자욱이 가실 때까지?

8

할배는 할배는
발뒤꿈치이 하고

할매는 할매는
팔뒤꿈치이 하고

낮이면 우리는 숨바꼭질을 했다 6·25 때 파괴된 고철
탱크가 있는 양조장 달이 뜬 밤은 몰래 빼내도 빼내도
끝없이 지남철 솟아나오는 밤, 쉿, 들키면, 안 돼, 낮이면
숨바꼭질을 했다 양조장 옆에 세워논 노깡 속으로 숨어
밖은 쩡쩡한 대낮, 어둠 속에서

꼭꼭 숨어라 머리카락 보일라
꼭꼭 숨어라 머리카락 보일라

노깡 속에서 어둠은 오히려 편했지 온몸을 감싸주는 것처럼
부끄런 몰골을 감춰주는 안온한 손바닥처럼, 어둠 속에서

누군가의 눈초리가 나를 발각할 때까지
　누군가의 털 난 손이 내 어둠의 살을 더듬을 때까지

어둠은 내 몸이 됐다, 어둠 속에서

　누군가의 눈이 나를 알아볼 때까지
　누군가의 손이 나를 잡아줄 때까지

밤이었는가 밤이었는가, 지금은 밤이, 은밀한 밤이
이렇게 우리를 배신했는가, 밤이, 몸서리치는 밤이,
왔다, 꼭꼭 숨어라 머리카락 보일라
　쉿! 꼭꼭, 숨어라, 머리카락 보일라

나는 모른다 그때의 그 어둠이 신화였는지 아니면
동화였을까? 어둠은 이미 그때부터 우리를 속이고 밤은

　밤은 깜깜하게 요지부동이면서

우리를 바싹 뒤따르며 살금살금 발자욱 움직였던 것인지
나는 모른다 추억이었을까 빼앗김의 역사? 지금은 밤이,
어둠이 쇳소리를 내면서 도처에 잠복해 있다, 총칼과 살기.

빛은?
대낮은?

아침저녁으로 이를 닦는다 죄진 것은 내 이빨이 아닌데 이
를 악물며 써억써억 비비다가 입술을 쇠창살 사이로 비죽 내
밀고 새하얀 치약 거품을 배앝아내면서 아아 햇살 생각한다
그대가 밝혀놓았을 그대의 치명적인 광명이여 충혈된 그대
눈자위 속 광활한 벌판이여 이루지 못한 그대는 기침의 테
러리즘? 징역을 살면서 늘상 하는 일이지만 그대 오무린 입
은 솜씨 있게 하늘을 향해 무사히 배앝아 올리지 못한다 언
제나 배앝음은 염치를 모른다 아름답지 않다 배앝음은 깨끗
함을 모르고 쇠창살 위로 묻어내리는 거품. 잇새에 끼인 콩
밥찌끼·잇몸이 무너진 괴혈 핏덩이·빨갱이야 너는 피 섞인
거품은 내 얼굴 바로 곁에서 너는 빨갱이야, 어느 무기수는

앉은 자세에서 젓가락 두 짝으로 날아가는 파리를 잡는다 느린 시간의 속도에 속속들이 익숙해지는 그 경지는 무엇? 서투른 나는 누구?와 몸 섞고 있는지 슬픔? 혁명? 빨갱이야 너는! 익숙해지고 싶지 않다 슬픔은 두 개로 갈라져 있다 엄연한 눈동자처럼 그러나 오히려 내가 여기서 기다리는 것은 또한 슬픔의 거대한 정체가 낱낱이 드러나는 그 구원의 오직 한순간? 밤마다 내 코가 박혀 잠을 청하는 동료 죄수들의 무좀 걸린 발바닥 사이에 있는 퀴퀴하고 뜨건 냄새?

  "내가 헐벗고 굶주리고 있을 때
  너희들은 어디 있었느냐?"

  빛은?
  대낮은?

  그냥 시골길이었어 관광버스 한 대 겨우 지나갈까 말까 한 들길 자갈과 풀밭과 망초꽃 사이로 난 오솔길 정도였는데 국민학교 적 소풍길 같았어 탄생 이전의 죽음에 가까운 아늑한

고요 지즐대던 햇살 섞인 시냇물 그러나 우리가 찾아가는 것
은 탄생 이후의 죽음 길은 갈수록 어떤 끔찍한 정적 그 사이
로 난 길 추억과 예감이 불길하게 교차됐다, 따스함에 소름
이 돋는, 미망(未亡)의 어른이 되어 걷는, 안도와 뉘우침과
힘없는 노여움의 길 그대는 죽었는가 그대는 떠도는 넋이 되
었는가 망월동 공동묘지 수천 명이 희생되었다는데 평화로
운 숲속에 고요 따스한 온 산에 아아 햇살 습기 축축한 흙은
살기(殺氣)로 영롱하다 밟힌 잡풀들과 더불어 이슬 젖은 흙
내음 풋풋하다 부채살로 퍼지는 햇살 어머니 손 잡고 동무들
과 여선생님과 삶은 계란 도시락 리꾸사꾸 메고 원족 가던
이 길 탄생 이전의 죽음 탄생 이후의 죽음 그 사이 아늑한 고
요와 소름끼치는 정적 그 사이 꿈틀거리는 미모사 잎새 하
나, 밤송이 나무 밑, 풀밭 속에서

　저만큼
　지렁이 꿈틀만큼이라도
　움직여주셔요. 제발. 당신의 고요.
　당신의 거짓부리 고요.

가르쳐주셔요. 당신의 뉘우침과 배반.

탐욕의 반짝임이라도 보여주셔요.

참을 수 없어요. 당신의 고요.

색깔 없는 잿빛 기다림의 세계.

두레패 농악 같은

산천초목 같은

당신의 총천연색을 보여주셔요.

핏속에 있는 아주 자그만

땀 속에 있는 아주 미미한

혁명같이

당신도 참으시면 안 돼요. 이 세상의 고요.

참을 수 없는 정지.

참을 수 없는 지평선.

움직여주셔요. 당신의 고요.

당신의 거짓부리 고요.

그래 맞았어 그것은 슬픔의 힘이었다 그냥 시골길 관광버
스 한 대 겨우 지나갈까 말까 한 풀밭과 망초꽃 사이로 난 오

솔길 정도였는데 그냥 소풍길이라도 좋았지 망월동 공동묘
지 수천 명이 희생되었다는데 그냥 잡초 무덤 몇백 기만 봉
그마니 가여운 젖가슴처럼 봄날 뙤약볕을 받고 있었어 바람
에 흩날리는 현수막이 한 개라도 있었더라면 초라할망정 기
념비 하나 세워져 있었더라도 그렇게까지 쥐죽은 듯 고요하
지만 않았더라도 하필 그날 뙤약볕조차도 죽음의 안온한 손
바닥처럼 그 잡초무덤 몇백 기를 감싸고 있지만 않았더라도
덜 그랬을 건데 갑자기 여자의 앙칼진 흐느낌이 땅에 쏟아져
하늘을 찢었고 우리는 어느새 멍하니 눈물만 솟았지 덮쳐 누
르던 그 울음의 무게 혹은 간신히 이를 악물고 혹은 아예 엎
어져서 이 순간만은 역사도 희망도 없이 대책도 없이 그저
망연히 울고만 있었는데

　신기하게도

　그 망연자실한 슬픔은 힘이었어 우리들의 생애를 내내 규
정지을 그것은 총체적 폭발이었고 참담한 좌절이자 거대한
힘이었다 참혹하도록 아름답게 해방된 세상의 예감, 뇌가 씻

겨지는 아픔이자 기쁨 충격이자 감동 분단된 나라에 사는 한
쓰러움과 분단을 딛고 우리가 마침내 이룰 세상, 가면서 흘
러야 할 그 피땀들이 결코 헛된 것은 아닐 것이라는, 우리들
이 두 발 딛고 버둥거리는 이 땅이 어차피 그 피땀들로 인해
변혁될 것이다 그 슬픔 앞에서 너희들이 한 짓은 그 무엇?
중앙집권 속에서 너희들이 한 짓은? 물론 그랬지 일간스포
츠 만화 고우영 삼국지 열국지에서 나날이 일상적으로 큰 칼
로 졸개들의 머리를 십 명씩 백 명씩 수천 명씩 무더기로 짜
르고 짤린 그 모가지에서 유인물 냄새 시커멓게 흘러 우리들
의 안방에 홍건하게 고이는 피도 섬뜩한 이불 속 블랙코미디
음흉한 웃음 그 따위에 속지 않는 그 망연자실한 슬픔은 힘
이었어 우리들 모두의 운명을 규정지워버릴 그 거대한 슬픔
속에서 다시 희망이 그 처참한 희망이 그 피 흘리는 역사가
되살아났다 절대로 크지 않은 목소리로 그러나 단호한 일용
의 양식 같은 목소리로 그랬어 광주에서 그 피의 5월에

　　하느님은 대낮의 밝은 햇살 혁명적인
　　슬픔의 아름다움

아름다움으로 우리를 옭아매려 하셨던 것은 아니다

버릴 수 없으리 버릴 수 없는 이 지상에서
아름다움이여 우리가 또한 이 식민지에서
그대를 사랑하는 것이
역사를 위해 뼈아픈 힘이 되어야
하리, 뼈아픈 아름다움의 이 지상에서

혁명적인 아름다움 속으로
해방되고 싶다
하느님에게로 이어지고 싶다

우리들의 미래가
눈부시게 떨리는 흔들림으로
아아 망설이는 몸짓으로
오더라도, 그대여 벗어날 수 없는 이 지상에서
우리들의 미래가
그대의 슬픈 아름다움을 꿰뚫는 그 속에 있나니

이 세상 혁명 전야의 노래는 왜 모두 그리도
슬펐던가. 거대하게, 웃음은 완성된 체제 속에서?
슬픔의 방향감각이여 동참이여

저 길을 가야 한다
식민지의 밥과 물을 먹고 저 길을 가야 한다.
그대를 사랑하는 것은
분단에서
통일로 가는 길인가?
저 길을 가야 한다
저 크리스마스 캐럴과 네온사인 출렁거리는
유혹과 흔들림의 거리를 가야 한다
낯익은 쾌락의 지옥을 꿰뚫고 가야 한다
사랑도 타락도 모두 아픔이리, 그대
이 저질러진 식민지에서
홍등가 불빛이 어둠과 단짝을 이루는 것과 같이
백화점 휘황한 조명이 침략과 단짝을 이루는 것과 같이

삶도 죽음도 모두 아픔이리, 그대 그러나
사랑한다 사랑한다 사랑한다 사랑한다
저 길을 가야 한다
그대를 잊기 위하여
그대인 길, 길인 그대
그대를 잊고 그대를 사랑하기 위하여
이 세상 온갖 아픔인 그대
이 세상 온갖 저질러짐인 그대
사랑의 개념을 위하여
그대인 길, 길인 그대
그대를 잊고 그대를 사랑하기 위하여
내 잊음 속에 그대를 살과 피와 미래로 받아들이고
하여 그대가 내 몸속에 들어와
우리가 함께, 그대와 내가 함께 그대를 잊듯이
저 타락한 도시의 몸속을 가야 한다
음침한 뒷골목도 가야 한다
저 길을 곧장 뚫고 가야 한다.
그대를 사랑하는 길이

그대를 통과하는 길이듯이
통과하며 그 통과 속에서 다시 그대와 동행하고
그대도 그대 자신을 스스로 관통하는 길이듯이
사랑의 체위가 그렇듯이
저 식민지 더럽혀진 오욕의 길을 가야 한다
피해 가지 말고
넘어가지 말고
백안(白眼)으로 가지 말고
한없이 한없이 받아들이며 가야 한다
더러움은 아직도 우리를 더럽히지만
우리 쓰러져 흘린 피로 깨끗하리,
가다가 쓰러지더라도
쓰러져 흘린 피로 그대를 세례할 수 있으리
내 몸속에 들어와 있는 그대가
그대와 내가
세례할 수 있으리, 그대 깨끗한 아름다움이여
저 허망한 인파들의 거리를 곧장 질러가야 한다
어쩔 수 없이 사랑하듯이

아름다움 속에 든
그 치욕과 고난의 역사마저도 사랑하듯이

그대를 사랑하는 것은
분단에서 통일을 사랑하는 것과 같이
죽음으로 가는 길인가?

아내는 공무도하가 부르며 오순도순 살고 싶다고만 하고
종로통이나 을지로통 러시아워 때는 클랙슨 빵빵대는 소리
흐르는 인파 흐르는 네온사인 흐르는 신호등이 꼭 흐르는 시
시퍼런 강물만 같아요 달리는 택시와 버스와 택시는 그저 님
앞에서 휘황한 평행선으로만 씩씩거리며 달리고 건널 수 없
는 강 건널 수 없는 평행선 달리는 자동차 행렬 살기 띤 욕
질과 운전대를 잡은 손목 근육 힘줄과 호루라기 소리 신호등
껌벅대고 달리는 택시와 택시의 평행선 그 잠깐 틈난 새를
노려 그 빈틈을 노려보아도 님은 아직도 그 틈을 직각으로
재빨리 통과하는 법을 모르신다고 가로지르는 법을 모른다
고 움직이는 것의 존재를 무시하고 움직임의 속도만 계산해

야 하신다고 도회지 야박한 계산법을 아직 모르신다고 아직
달리는 차는 달려서 지나갈 차가 아니라 술 취한 뒤꽁무니를
쫓는다고만 생각하신다고 님은 취객님은 그 눈 딱 감는 법
안심하는 법 치사한 배짱 그 장사와 삶의 구분법을 모른다고
아내는 공무도하가 부르며 오늘도 무사히 아이들 생각도 해
야 한다고 우리 님은 어쩔 줄 모르고 공무도하 공경도하 달
려가는 차는 쫓아 달려와 덮쳐오는 차로만 보이고 모든 것이
당신 책임으로만 보인다고 차와 차 사이의 운동 사이 님은
달리는 차보다 앞장서 먼저 뛰신다고 달리는 차와 같은 방향
으로 그러나 달리는 차와 같은 방향으로 그러나 달리는 차는
님의 걸음 걷잡을 수 없이 빠르고 양팔로 허공을 휘휘 저으
며 사람 살려 사람 살려 우리 님은 소리소리만 연방 비명 지
르신다고 피난살이 걱정 이사 걱정 개헌정치일정 걱정 우리
님은 사람 살려 사람 살려 소리소리만 연방 비명 지르신다고

　돌아가고 싶더라도 그대를 사랑하는 길이
　아니므로
　사랑의 체위처럼?

사랑의 체위처럼.
그대를 뚫고 그대와 함께 그대를 지나가는 것
마침내 그대, 아내여 아름다움이여

돌아가고 싶더라도 그대를 사랑하는 길이
아니므로
추억이여 죽창 들고 일어서라

　논둑길 따라 메뚜기 뛰놀고
　봄날 햇살에 팬 웅덩이
　이제 막 생겨난 개구리알이
　아롱다롱 갈앉아 있었지
　다롱다롱 떠 있었지

　할배는 할배는 발뒤꿈치이 하고
　할매는 할매는 발뒤꿈치이 하고

　비 개인 날 질펀한 발자욱 밑에서

피어오르던 봄날
두엄 냄새도 코끝에 정다웠어라

식민지.
그러나 얼마나 숱한 피의 세월이
우리들의 과거를 또한
적시고 있는가
적시고 있는가

또한 사랑의 체위처럼?
또한 사랑의 체위처럼.

빼앗긴 아름다움의 추억이
비로소
핏발 선 무기가 될 수 있도록?

핏발 선 무기가 될 수 있도록.
핏발 선 힘이 될 수 있도록.

9

이력서를 쓴다 굳은 얼굴 표정의 명함판 사진 밑에 자필로 쓴다 생년월일이 언제고 본적은 어디고 한글 한자 병용으로 까만색 볼펜으로 쓴다 자술서를 쓰듯이 좋은 시 한 편 쓰는 것이 뭐 그리 큰 문제냐고? 창밖은 전신주 위에 흐린 비 내리고 빗방울로 축 늘어진 나뭇잎 아열대 폭풍에 흔들린다 본관은 어디 아버지 출신성분은? 산아제한 딸만 낳아 잘 기르자 종족 말살하자? 책상인 밥상 위에서 흑백논리로 쓴다 그리운 것은 그립다 이력서를 써도 이를 악물어도 보고 싶은 사람들은 보고 싶어, 창밖에 무수히 쏟아져 순환도로 아스팔트를 적시는 비! 비! 빗방울! 이대로 달려가고 싶어 우리들 그리움의 끝간 데는 어디? 신의주? 황해도 고향 마을? 결혼했는가? 미혼인가? 병력필? 가족관계는? 종교는? 학력은? 이력서는 아직 젖지 않는다 우리들의 생활에서 이 이남(以南)의 삶에서 그리움은 반국가적인가? 그리움은 비도덕적인가? 그대를 사랑하는 것이 반윤리적인가? 이력서는 도무지 젖지 않는다 아이들만 무르팍으로 박박 기어오를 뿐 눈물이 나지 않는다 함께 가야 해 살아남아야 해 번식해야 해, 우리 뜻으로 그리된 것은 아니니까 분단의 산물이지만 분단된 식민지 밥을 먹고 힘을 키워야 하니까 분단 이전의 통일과 분단 이후의 통일은 달라야 하니까 버릴 수 있는 것은 하나도 없어, 용서한다 모두 분단의 똥구멍도 털 난 손도 용서한다 위의사항사실과하나도다르지않음 확인함, 그것뿐이라니까 정말! 빨간 인주로 지장을 찍는다 엄지손가락으로 맹서한다 참회한다 열 손가락으로 다시는 다시는

　　새빨간 지문에 백인
　　우리들의 생활은
　　피비린 그 무엇일 수 있을까

　가장 절실한 것이 아름다워 보일 때
　작은 절실함으로 하여 큰 절실함을 잊어버리는 과오를
　범하지 않으려고 애쓸 때
　'일상성'의 혁명을 생각할 때
　용서받을 수 있을 것인가 우리는
　이 미천한 우리들의 호구지책을?

시와 경제 지갑과 먹물 연애와 순결과 결혼과 출산과 핏덩이 하얀 손수건 핏줄 번들거리는 노동자의 손목 사랑과 폭동으로 그대를 사랑하는 것이 죽음으로 가는 길이며 죽음으로 가는 길이 만남으로 가는 길임을 나는 믿는다 이 갈라진 나라에서 그대여 아름다움이여

　　후천적인 깨달음에 대하여
　　상처뿐인 삶이 지니는
　　구원의지의 엄청난 힘에 대하여
　　초라한 살림과
　　일상의 피에 대하여
　　피의 일상에 대하여
　　무기에 대하여

　　그리고 전쟁은
　　어느 평화로운 마을에서였을까

　　산천이 피로 물들고 튀는 살점 포탄 소리 낯익은 식구들

의 얼굴에 낭자한 피! 잘린 팔다리 나뒹구는 전쟁은 굶주림과 추위와 두려움과 함께 왔다 울창한 수풀 나뭇가지 사이로 가녀린 풀잎 이슬방울조차 피땀이 묻은 격전지에서 끈끈히 흐르는 피의 진흙밭 속에서 비틀거리며 그래도 한 가닥 남은 엉겨붙은 목숨에 의지하며 걸었다 군홧발에 걸려 잘린 다리가 나오고 잘린 머리통이 나오고 철모 수통이 나오고 십자가가 나오고 속창자가 나오고 그것까지 나왔지만 살았다, 추웠다, 배고팠다, 하느님이 그 격전지에서 그랬듯이 그녀는 그토록 처절했다 목숨이 목숨과 함께 죽음으로 해방되었듯이 아름다움은 처절함으로 해방되었을까 겁탈유린 벗겨! 이 따위 말들로 아름다움이 알몸과 치를 떤 것은 지옥의 쾌락과도 같은 후방에서였다 카바레에서 블루스 춤에서 퇴각 중인 어느 농가의 앞마당 머슴방에서 아름다움은? 스트립쇼 외국인 전용클럽에서 이태원에서 전쟁은 보고 싶은 연인에 대한 안온한 보수적 퇴폐적 가학적 피학적 그리움 기지촌에서 아름다움은 교묘하고 음흉하고 징그러운 눈빛과 침략근성의 은밀한 쾌감과 축축한 죄책감이 동반한 살의(殺意) 목숨은 배설물 처리한 크리넥스처럼 구겨지는 것 아름다움은 안간힘

섞인 집착일지라도 인간적일지라도 구겨져 쓰레기통에 버려
지는 것 털 난 이방인의 손에 구겨진 화장품곽처럼 그러나

    좌도 우도 없는

    격전지

    목숨의 감자밭에서

    아름다움은 마침내 해방되었다

    피 묻은 목숨의 아름다움으로

    죽음의 아름다움으로

    헐벗은 아름다움으로

    미인계의 아름다움으로. 아름다움은 무기였다 힘이었고

    종교였다 끈질긴 목숨의 끈이자 봉건근성의 치유

    독을 품고 사는 표독스러운 앙칼진 생애

    아름다움은 증오였으며 복수였으며 민족성이었으며

    너그러운 깨달음, 마침내 아름다움은

    무너지거나 빼앗기는 것이 아니라

    죄진 자까지 받아들이며

    용서하고 구원하고

스스로 완성되는 것이었다

피로 이데올로기로 물든

우리들의 가계사

그러나 그 괴로움이 어쨌든

우리들의 미래를 일구는

바탕이 될 것이다

신혼 초야다

허구한 날이었지만

오늘 밤도

그녀의 오랜 숫처녀와 만나기 위해서

젖은 신부의 면사포와 화장기 짙은 몸짓과

그리고 고운 님 긴긴 밤새

끔찍이도 오래오래 그대를 기다리던

또 몇 겹의 두꺼운 껍질을

그대는 벗겨내야 하리라

그녀는 달아오르지 않는다 나는 안다

왜 거대한 아픔은 뭇 아픔의 감각을 마비시키는가

회복하기 위해선 왜 또 아파야 하는가를

나는 안다 그대는 두 손 호호 불며 떨던

긴긴 세월이었지만

그녀는 쉽사리 늙어 보이고

호락호락 달아오르지 않는다

그대의 반평생 감옥살이와

그녀의 조이고 놀라고 이제 굳어버린 새가슴

어느 날 그것도 갑자기 어느 날이다

그대는 깨닫게 된다 녹임받을 몸은 그대가 아니라

그녀의 견뎌낸 가슴이라는 것을

그리고

또 그만큼의 세월이 지나면 될까

그녀의

멎었던 숨통이 조금씩 트이면서

그녀의 맺힌 가슴속에서

무언가 봇물이 터지면서

그녀는 고요히 흐느끼기 시작한다

무서운 슬픔이

비로소 찢어질 듯, 입을 벌리고

그대 몸을 적시는 홍수가 된다
이제 오늘도 해는 저물고
행여 겁먹지 말라 그대여
그대가 맞은 님은 바로
짠물 얼룩진 우리 조국
그대가 껴안은 것은 너그러운 아픔의 항아리

자세히 보고
뒤집어 보면
불행한 우리들의 역사는
우리 대신 우리들을 이미 해방시켜주었던 것이다
슬픔은 이미 유전이다
혁명은 이미 우리들 혈관 속에
역사의 몸은 피를 철철 흘리며
아름다움을
아름다움의 속박으로부터
해방시켜주었던 것이다

자세히 보고

뒤집어 보면

얼마나 행복한가 이 괴로움은? 우리들 순결한 아름다움
속에 들어 있는 그 고통의 차원은? 치욕의 역사로 핏발 선
추억으로 들어 있는 것은 얼마나 괴로운 힘인가 역사가 역
사의 알몸이 우리에게 남겨준 이 순결한 피투성이는 얼마나
아름다운 힘인가?

그대 순결한 채로 이 세상의 구원에 나서라

그대의 지금 청순한 순결 속에도 이미

한 나라의 온 생애가 들어 있느니

그대가 더 이상 버리거나 내팽개쳐야 할 옷은 없느니

창녀의 신화

현모양처의 신화

버리고 나아가라 그대 아름다움이여 내가 그대를

괴로움으로 사랑하는 것과 같이

아름다운 채로 나아가라 빼앗김과 헐벗음의

역사가 이미 마련해준 그대의 자리. 이 세상은 이미
버린다고 해서 무엇이 이루어지는 세상은 아니다

전락하지 마라 선망하지 마라 사랑하는 기쁨만이 건강하
나니 순결하지 않은 세상을 위해 괴롭도록 순결하라 그대에
대한 나의 안쓰러움조차 힘이 되기를 바라노니 오히려 되찾
게 하라 그대의 영역을 그러나 전과는 다른 일하는 들판에서
전쟁터에서 벼 이삭 백합꽃 하느님의 아름다움이거나 사람
의 아름다움이거나

나는 그렇지 않소 그리운 당신 매판적인 아름다움에 대
한 증오가 일하는 들판을 찾고 그 들판을 통해서 봉건마을로
이어지는 그 '버림의 미학'이 여성해방에 궁극적으로 도움이
되리라고 믿지 않소

어머니
이 편지가 피로 덕지덕지 묻어 있음을 용서하여주십시오
총에 맞은 시체로 들판과 사막과 높은 산맥에 누운

동지들의 피를 찍어 나뭇가지로 이 편지를 쓰기 때문입니다
고통과 치욕과 분노로 견디던 필사적인 삶이
마침내 일어서, 쓰러진 그 최후 앞에
그 육신적 생애의 위대한 종말인 한 해방군의 시체 옆에서
저는 한 줌밖에 안 남은 목숨으로 이렇게 쓰고 있습니다
이 지상의 마지막에 와 있는 제 시야 속에서
이제야 나무도 풀도 한낱 풀벌레도 모두 한몸인 거와 같이
체온이 아직 따스한 몸둥어리, 팔다리 잘린 시체마저도
모두 처참한 아름다움으로 보입니다
그렇습니다 어머니
어머니는 그리운 고향이시지만
이제 미래로 가는 싸움터의 길목에서
기다리고 계셔야 합니다
부릅뜬 두 눈으로
죽어가는 제 시야 속에서도 보입니다
우리가 함께 다리 절룩이며 찾아가야 할
피에 얼룩진 미래의 모습이
목숨이 다할수록

기운이 다해갈수록 아름다운 그 모습이
희미할수록 아주 자알 보입니다
용서하십시오 이 편지를
이 편지의 색깔을 이 편지의 흐트러진 글씨체를 이 편지의
역겨운 비린내를
그리고 그 속에 언뜻언뜻 얼룩진
눈물자욱까지
용서하십시오 어머니

어디었던가
전쟁은 어디?
눈썹가 아니면 오른뺨의 근육
항시 파르르 떨리고
불안했지만 필사적으로
남은 여생의 평화 같은 것
피난 때 큰일을 당하셨다는 원주 이모
그분의 잔주름 입가에 눈매에 잔잔한
미소의 깊이 같은 것

무서운 예감도 다스리는

안도의 한숨 같은 것

가녀린 가슴에서 무언가 짜릿하게

아프게

불행이 획득케 해준 너그러움

이따금씩

가슴을 욱신욱신 쑤셔대는 어떤

가슴 뭉클한 것

전쟁이 가져다준 가녀린 희생과

열림

아름다움이 이루어진 예감이었을까

아름답고 인자한 웃음이

나를 전율케 만든 것은

마음의 평화였을까

원주 이모는

이데올로기에 남편을 잃고 자식을 잃고

행복한 추억을 잃고

마음 한구석 비인 자리로

좀더 깊어진 삶

그러나 앙칼진 구원의지의 복수심으로
너그러움으로 사랑으로 마침내 승리한
전사의 아내
치열하게 너그러운
치열하게 너그러운
흔들리는 채로 완성된
원주 이모
명절날 세뱃돈을 쥐여주시던
그 따스한 손에서조차
어디였던가
전쟁은 어디?

아름다운 강산 시냇물 졸졸 흐르던 계곡 수풀 나뭇가지 사
이로 나뒹굴던 시체 더미 흩어진 살점 더미 피비린내 발기
발기 찢어진 군복 치마말기 따위야 흘러내리던 피바다 속에
서 역겨워 살아남는 것이 죽어 흙 속에 파묻히는 일 못지않

게 위대했던 순간 부끄러움에 몸을 가리며 오들오들 떨며 그러나 살아남아야 해! 그녀가 가장 억척스럽게 표독스럽게 악을 바락바락 지르던 그 순간에도 거짓된 순결의 개념에 피가 묻고 목구멍 풀칠이 묻고 살점이 튀며 늘어붙고 조기젓 썩는 냄새마저 묻던 순간에 괴로워하겠는가 그대 괴로워하겠는가 빼앗김이 이토록 치떨리는 기억인가? 우리가 돌아갈 수 없는 곳으로 돌아가고자 하기 때문 우리가 지금의 현실에 안주하고자 하기 때문 전쟁은 물론 그 끔찍한 것이 그 숭칙한 것이 물론 많은 것을 빼앗아갔지만 기억에조차 우리를 묶어두는 것은 누구인가 괴로운 것은 빼앗김 자체보다도 빼앗김의 기억이다. 추억의 정서를 노예의 정서로 만드는 자들은 누구인가 스스로까지 노예로 만드는 그 우매한 지배자는 누구인가

마음속 깊이
파묻혀
그대를 파묻은 내 심장을
난도질해대는
그대 비수 같은

제 목숨의 먼지는

그대 만남의 눈부심에도

녹지 않았습니다

어찌합니까 그대 눈부신 만남에 내팽개친

체온 묻은 잠옷에 또한 묻었을

제 땀과 코피를 어찌합니까

깨물어도 수줍은 아픔의 끝까지

좀먹어도 수줍은 욕망의 끝까지

조강한 모시적삼 한 오라기씩

풀어헤치며 그러나 제 목숨의 먼지는

그대 만남의 눈부심에도 녹지 않았습니다

　그대와 나는 언제나 싸울 것이다 목숨의 먼지와 비린 소금
기와 피와 초라해 보일 헐벗음과 그 확인의 치열한 과정에서
우리들 사랑은 언제나 서로 싸울 것이다 힘이 되기 위해서
미래 속으로 열린 사랑의 체위로 한 몸이 되기 위해서 사랑
이 통일이기 위해서

오늘 이렇게 내리는 비는

거리에 아스팔트에 마구 쏟아져내려도

내 마음속 가뭄을 적셔주는 것은

실상은 그대의 습기 찬 눈물 한 방울이다 그대여

10

영등포시장
땀수건을 두른 아낙네들이 벌려논 좌판 위에서
1,500원짜리 오징어가 무지무지하게 크다
내 삶이 왜소하기 때문이다
천진한 아이들의 얼굴보다
오징어는 크고 붉고 새까맣다
아낙네의 살아온 삶이 거대하기 때문이다
입을 벌린 서민들의 생계와
한 몸이라는 듯이
오징어는 거무튀튀하고 비리고 다리마저 악착스럽다
우리들의 삶이 모두 저렇게
강인하고 질겨야 하기 때문이다

내가 노리는 것은 무엇인가
낯익은 모습으로 그대에게 접근하여
포복하며 그대 안방에서 그대의 살로 들어가
그대를 변화시킬 수 있는
아주 친근한 한 편의 시?

오징어는
우리들의 갈 길이 그토록 벅차다는 듯이
무지막지하게 크다 저 원양(遠洋) 오징어를
받아들이자 우리들 몸속으로
질기게 질기게 씹으며

······

절벽에 서면
저 멀리 그리운 것만 살아 있는 것만 아찔타

내면적인 고통에 일상성 혹은 구체성을 부여함으로써
과거의 기억을 현재화시키고 드러내 보이면서 어떤
비극적인 화해의 경지로까지 도달하는 방법.

추석이면 보름달이 퀘숀마크로 보인다
그렇고 그런 거라고 남들이 뭐래도
송편을 빚어도 그렇게 보인다 너무 하얘서 믿을 수 없는 동그라미로 보인다 달만 보고 사냐고?

내 시력만 탓하면 그만이겠지만

거울 속에도 보인다 비굴한 웃음이 검둥이 커닝엄과

영어회화를 하고 나면

암살당한 말콤 엑스에 대해서

내 혓바닥은 평상시에도 꼬부라진다 지나가는 말로

회화 실력이 그렇게 좋은 줄 몰랐다고 얼버무리면 그만이

지만

눈을 감아도 보인다 눈물 속에도 보인다

도처에 널려 있으면

빤한 비참은 비참이 아님?

새하얀 비참은 비참이 아님?

보인다 갑자기 보름달이 처녀 궁둥이처럼

보인다 갑자기 보름달이 양놈 배때기처럼

보인다 보름달이

조선 아낙네 눈물 콧물 저린 속적삼처럼 보인다

아아 송편은 어떤 앙칼진 눈물보쌈이다

고통의 보편적 차원.

　과거의 사건이 주는 '과거로서의' 무의미한 내면적 고통을
탈각해버리고 새로운 사건으로서의 공동체적인 고통 속으로
동참하는 것.

　　그대
　　4월에서 5월로

　　타는 꽃으로 달아오르는
　　새빨간 두드러기 같은
　　안쓰러운 엉덩이 같은
　　마구 발가벗긴
　　첫사랑 만날 회상 같은

　개인적 기억으로서 4월 사건에서
　공동체적 체험으로서 5월 일상적 혁명으로의 발전.

'지금 이곳'에서
잊고 버림으로서의 화해가 아닌
새로운 동참의 결의로서의 화해.

결혼을 해서 애 낳고 풍요롭고 좀더 너그럽고 좀더
먹고 사는 걱정하고 좀더 피땀 냄새 나는 생활적 일상의
감수성을 체질적으로 익힐 것.

일상적 혁명과
혁명적 일상의
갈등적 방향 제시적 중간.

밤을 새운 우리들 어둠과
아직은 너무도 큰
바깥 어둠이 합한 자리로
새벽이 오고 있어, 우리 밀알들의 새벽
망설이지 마, 그 삼켜버릴 듯한 고요 앞에서
우리들 하나가 쓰러지면

오랜 고통의 끝에서 새살이 돋아나는

그 대낮의 싸움 속으로 우리는 가자

조용한 그러나 끈질긴

근육의 경련.

돌려받기 위해서가 아냐

다만 떨리는 희망의 기쁨으로

흐린 달 얼굴에 묻은 핏자욱

누군가가 또 빼앗겨, 빼앗겼으리라

그러나 핏발 선 두려움마저 불 켜진 눈으로 가자

가녀린 날갯짓만 조금 남을

벗은 몸을 떨며 가자

우리들의 몫은

크나큰 새로움이 탄생하기 위한

그 출산의

욕망과 고통과 땀과 피의 꿈자리

피투성이 생애

아직도 치유되지 않은 세상의 상처를 위해서

피고름만의 삶을 위해서 우리는 가자

부삽에 찍힌 채 부르르 떠는 살덩이
거기서 콸콸 솟는 핏줄기처럼 기운차게
우리는 가자

도대체 이 괴로운
그리고 괴롭기 때문에 열심히 살 가치가 있는
우리 시대, 분단된 나라에 부동산 투기까지 설치고
없는 돈 갈쿠리 손으로 박박 긁어들여 방위성금
우리 모두 자살하자는 핵폭탄 사들이고 36년 동안
우리들 부모 형제 누이 친척 조상님들 수탈해갔던
왜놈들한테 굽신대며 정치적으로 경제적으로 문화
적으로 군사적으로 "돌아와요 부산항에 그리운 내
형제여" 해쌌고 그걸 듣고 좋아라 다리 힘 풀어지며
오줌 질질 싸며 내 죄가 이제 사하여지는도다 침을 질질
흘리며 황홀감에 도취되어 나자빠지는 왜놈들 보고
모시겠습니다 아름다운 강산 푸른 하늘 뜬구름 너무 좋아
신문 잡지 라디오 텔레비전 할 것 없이 무슨 철천지 웬수나
돼진 것처럼 좆 잡고 좋아라 하며

민족적 자존심의 열등감의 발로다!
　천황폐하께서 드디어 사과를 윤허하셨다!

선망과 격렬한 증오로 물든 약소민족 열등감 자극해쌌고

　어디 그뿐인가,

　눈 감으면 코 베이는 것도 없는 놈뿐이라고 받을 돈 꽁꽁
묶어도 안 먹고 안 입으면 못 사는 서민 생계에 관한 한 물가
또한 이 세상 하직하고 싶은지 아니면 아얏 뜨거라 싶은지 지
도 잘못하면 이 세상에서 몰매 맞아 죽을까 봐 겁나는지 사람
귀한 줄 모르고 하늘 높은 줄 모르고 고향 그리운 줄 모르고
천방지축 들쭉날쭉 안하무인 고래고래 지랄발광 악을 쓰며
번영의 빌딩과 함께 치솟아오르는 이 도깨비 잔치의 시대.

　그러나 그러나
　순박했기 때문에 흰옷에 죽창 찔려 피 흘린 고난의 시대.

자유·평등·평화·통일을 이룸으로써
세계사적 진보에 기여해야 할
역사적 순교자적 권리와 의무를 지니는
숱한 민중들의 민중운동의 시대.
생계투쟁으로
생존투쟁으로
구원의지를 구현하는 시대.
우리 모두의 피와 살인 우리 시대에서
도대체 예술이란 무엇을 하자는 것인가 속속들이
아픔에 배여 흐느끼는
더러움에 물든
여인의 몸뚱어리?

주변에서 홍보 수단이자
바탕에서
인간화 과정.

괴로움의 토양을

변혁시키는 것.

결혼은 일방 우리를 일상 속에 가두지만
일방 아름다움으로부터 우리들을
해방시키기도 해. 그것이
일상 속으로의 해방이 되어야 한다. 그것이
아름다움 속으로의 해방이 되어야 한다. 아내는

아름답지만
장독대 같기도 한 여자. 한식 기와집
간장도 들어 있고
고추장도 들어 있고
된장도, 오이지도 들어 있는
장독대 같은 여자.
생활이, 바느질이 들어 있는
살림이 아름다움인 여자.

내 몸의 일부가 되고 내가 피와 살의 기억이 되고

내가 그녀의 반쪽이 되고 정서가 되고 뇌세포가 되면서
아내가 내게 가르쳐준 사랑은
해방이었지만 일방적인 해방이었다

　나는 안방에 있었어 그리고 나와 내 속에 들어 있는 내
아내의 해방은 통로로서 해방이었다 아내를 통해 사랑하는
방법을 배웠지만 다시 아내를 통해 아름답다는

고통에 다른 마음자세로 도달했다. 이를테면 살을 섞어도
여전히 아름다움은 더럽혀진 침대, 그러나 그때는 이미
나 혼자가 아니라 나와 내 몸의 일부가 된 아내가, 아내와
아내의 일부가 된 한 몸이, 그리고 나날의 월급과 생활
동침과 가계부와 절약이 힘을 합해서
아름다움에 대해 괴로워하고 사랑하는 거였다.

　이를테면 사랑의 체위를 통해 내가 아내를 내 몸의 일부로
만들면서 아내에 대한 나의 소극적 소유욕에서 점차 해방되
었듯이 그리고 언제나 같이 한 몸으로 있듯이 아내도 마찬가

지이듯이 식민지 그 괴로운 아름다움도 피해 가거나 그와 같이 아껴두거나 버리거나 집착하거나 증오하거나 추억 속에 두려고 할 것이 아냐, 꿰뚫고 지나가면서 함께 데불고 우리 몸의 일부로 만들면서 그것으로부터 벗어나는 다시 말해서 단 일 밀리미터라도 그녀를 그 허망한 매판의 찬란한 도시를 식민지 차원에서 해방투쟁의 차원으로 변혁시키는 지금 이 땅에서의 피 흘림. 물론 완전은 아니고 부딪치면서 깨져야겠지. 아니 그 사랑의, 관통의 체위가, 정말로 하느님에게도 이어지는 적극적 해방의 길임을 깨달았던 것. 다름 아닌 아내의 몸속에서. 내가 이미 들어가 있는 아내의 연민의 몸속에서. 그 짜고 비린

　　그대와 마침내 가장 가까운 곳에서 보이리
　　주름살 사이로 그대의 세월이 흐르는 것
　　그대의 몸과 몸 사이로
　　달거리가 흘러가는 것
　　육체의 원색성보다도 더 멀리
　　정신의 명징성보다도 더 멀리

흘러갈 것은 마구마구 흘러가라
용서하고 또 사랑하고 있듯이
우리 몸에 묻은 세상의 가장 추한 면까지
가장 습기 찬 면까지
비리고 비린 목숨의 끝가지
보이리. 그대의 눈은 눈물 아롱져 있고
속일 수 없는 사랑, 이슬방울 떨어져
그대의 눈은 어느새
깨끗하고 맑은 순결의 아침.

아내를 통해 여자에게서 해방되었다 아니 여자에 대한
잘못된 통념에서 해방되었다 여자? 히히 고것 암컷이지,

끓는 냄비, 삶은 고구마 고것, 사내 맛을 알면 사족을 못
쓴다니까! 따위 몹쓸 죄 많은 남자들이 만들어낸 관념 안 돼
요, 제발. 어마! 아악! 해쌌더니, 고것 고 여대생처럼 반반한
게, 따위. 그것에 자기도 모르게 피해의식 느끼는 편견, 자
신도 스스로 괴로워하는, 그냥 에라 모르겠다 마구 쑤셔대니

께, 지가, 벨 수 있남? 한번 베린 몸, 끝장이지 안 그래? 소문
나봐야 지가 손해니께, 그냥 착 달라붙더라니께, 남자야 물
건만 크면, 한 번 더, 조금만 더, 당해야 쾌감이 더헌

벱이여. 따위 그 모든 것이 독수리발톱처럼 날카롭게 아프
도록 날카롭게 제 몸을 등 뒤로 감싸주시는 주님 오소서 따
위. 잘못된 편견에서 그 보수적 남성지배이데올로기의 마각
에서,

젊었을 때는 그놈을 참 많이두 미워했다우 그런데 사람
이 참 이상한 거야, 이 나이가 되니까 글쎄 누구보다도 그 신
랑이 보고

싶어지는걸. 따위의 봉건적 통념에서 어마, 사랑받겠어요,
따위. 부르주아적 편견에서 해방되었다. 깨달았다. 남성이
여성을 지배하는 것이 아니라 잘못된 이데올로기가 남성과
여성을 모두 노예화하고 있다는 것을, 아직 끝나지는 않았지
만 이를테면 밑바닥 근육의 사내들의 정서까지도 침해하고

있는 편견. 이를테면

　은근히 그러길 바란다니께! 몸 근지러서 어디 배기가디, 비 오는 날이나 눈 내리면 더 해요, 꾹꾹 지그시 눌러주면 꼼짝 못 해,

　아암 여자가 벨 수 있남, 따위의 편견에서

　아마 생활의 힘이었을까 생활에 묻은 피와 땀과 때와 생계살을 섞는 생산과 기쁨의 행위가 세월과 만나고 다시 생활과 만나고 아이들의 울음 똥 싼 기저귀와 만나는 현장에서 이제는 설사 아내가 유린을 당해도 물론 괴로운 더럽혀진 마음은 항상 피 묻은 침대겠지만 이제는 그것이 별로 중요할 것 같지 않다 빠듯하니까 아이들을 기르고 밥을 먹고 우리들의 미래를 키우는 일보다 더 중요할 것 같지 않다 식민지에서 실상은 실상에 대한 왜곡상상보다 언제나 덜 끔직하다 괴롭히는 것은 성욕을 채운 기쁨에 일그러진 아내의 얼굴 홍분을 채 수습하지 못한 아내의 벗은 알몸에 대한 환상·증오·쾌

감·죄책감·다시 증오, 불같은! 실상은 그렇지 않다 더럽혀
진 침대 따위야 양놈들이 만든 거니까 남자들의 편견과 괴로
운 노예근성이 만든 거니까 저지르며 쾌감을 누리던 상상력
그 죄의 대가로 받은 의처증 미리 마련되어 있던 고문틀이니
까 주간지 섹스문화가 그 뒤에 있고 제국주의 문화 침략, 그
본토에도 없는 여자에 대한 추한 편견이 미리 훨씬 더 이전
에 마련해논 터였으니까 정복하자마자 군령에 의거 모든 조
선 여자는 겁탈하라! 명령조였으니까 궁극적으로 아내는 그
리고 아름다움은 상상의 저질러진 일부가 아니라 생활과 목
숨의 실체니까 아내가 유린을 당해도 그게 별로 목을 매달
만큼 중요할 것 같지 않다.

   식민지 여자여 남자여. 아내는 아내의 몸은 내 일부이자
습관이자
   드러난 가난의 누추한 이불이자 비린 살덩어리이자
   폐결핵의 기침 소리 핏덩이일 것이기 때문에.

   그것이 더럽혀진 보르네오 장미희 침대로

내 뇌리 속에 스며들어 있지는 않을 것이다.

나는 아주 건강한 마음으로

복수할 거다.

11

강남터미널까지만 바래다주게 해달라고 약속한 아내와 값
싼 여인숙을 찾다가 대낮 공룡같이 생긴 반포아파트를 만났
어 노상강도를 만나듯 한쪽이 기죽는 것은 절대로 올바른 만
남이 될 수 없다 걸릴 거 없이 확 트인 아스팔트 길 하며 여
기저기 빵빵거리는 자가용들 하며 나도 모르게 코앞에 닥친
현실을 만나듯 만난 건 만났다고 쳤어 은폐되거나 함부로 지
워질 수 있는 것은 아니었으니까 내가 말했어, "반포야 반포
야 니가 무슨 이조시대 선비냐 니가 무슨 단군할배냐 매판
밖에 안 되는 주제에 니 눈에 우리들 사랑이 무슨 하루살이
흔적처럼밖에 안 보이냐 여관 같은 거 여인숙 초라한 하꼬
방 같은 거 동네에 하나쯤 지어놓고 살면 안 되냐?" 물론 괴
물이었다 내 말을 못 알아들을 만큼 귀가 거대했으니까 그리
고 갑자기 아닌 밤중이었어 착한 아내와 또 싸웠으니까 전셋
방 문제 때문에 월급과 생활비 때문에 아이들의 장래 때문에
괴물의 몸은 점점 더 커지고 기어들고 싶었어 자꾸만 기어들
면서 오기가 났어 화내면 지는 건데 고걸 못 참고 또 말했으
니까, "아니면 모처럼 서울 구경 올라온 촌놈 물정 모르고 얼
씬도 못 하게 온 동네에다 전기고압선이라도 쳐놓든가 말이

388

다." 실수한 거지 젠장할 창피하게스리 고걸 못 참고

바퀴벌레야
바퀴벌레야

내 몸의 만분지 일도 안 되는 네 몸의 중량이
이리도 소름끼치는 것은
오로지 네 몸이 전신으로 새까맣기 때문이다?
아니다!
허름한 여인숙 습기 찬 하숙방
바퀴벌레와 사랑 얼룩이 스멀스멀 기는
한 이불 밑에서
무거운 몸으로 아내 위에서 열심으로
땀 흘리면서 나는 알았다

음습한 음탕과
축축한 기쁨 사이의
거리에서

......

누군가 오래전부터 쉬지 않고
삯바느질해온 소리 같은 것.
그렇다
이렇게 늘 가까운 거리에 있으면서도
너무 까마득해 보이는
잔인한 것. 희망은
좀더 허물어진 곳에서
좀더 얼룩진 자리에서

불행에 대한 상상은 상상보다 불행의 실상보다 더 몸집 비
대해 보인다. 안방 벽을 부수고 집 울타리를 부수고 도시 전
체를 채우며 부수는 어떤 물컹한 살덩어리의 벌레 괴물 같은
것. 우리들이 상상을 통해 쾌락의 죄를 많이 짓기 때문. 나는
아내가 유린을 당해도 유린이라는 말에 묻은 빼앗음의 강자
의 지배이데올로기와 빼앗김의 약자의 피해망상적 사디스트

적 마조히스트적 쾌감에 물들지 않겠다. 고급주택파괴 가정
파괴범 담당검사가 내린 아니 검사의 어여쁜 아내가 내린 사
형선고에 몸부림치며 치 떨리는 안도감과 쾌감을 느끼지 않
겠다. 상상력은 무대장치다. 그것이 좀더 누추한 누더기로
헐벗은 하꼬방 곰팡내 나는 음습한 장판 위에서였더라면 아
니 그럴 것이듯이. 물론 복수할 거지만 더럽혀 흐트러진 고
급결백침대 향수 내음 은은한 각선미 속옷 따위. 그 요염한
몸매 약탈의 환상에 물들지 않겠다. 영등포시장바닥. 목숨처
럼 끈질기게 줄지어 섰는 노점상 좌판 위 비린 생선 위에서.
비린내 질척한 땅. 입 벌린 목숨부지의 목구멍과 땀 젖은 속
곳과 피 맺힌 눈동자와 구득살 백인 손과 생활에 찌든 주름
살과 억척스러운 국수말이. 그 하나뿐인 목숨과 생계 유지의
삶이 통쾌하게 부술 것이다. 그 갈수록 커져가는 피해의식의
쾌감을

　그리고 가난이 이미 도처에서
　그것을 부쉈기 때문이다

가난은 반체제다 국가도 어쩌지 못한다는 '죄악'? 가난의 실상은 우리를 얼마나 해방되게 하는가 그 퀴퀴한 삶의 신랄한 식초 냄새로 땀에 절은 생명본능으로 그래서 역사는 발전하고 진보한다는 것 간직하고 싶은 따위 귀족윤리에서 중산층의 자유 만끽의 윤리로 그다음은? 프리섹스가 아니다 갈수록 사랑만이 중요해지는 해방의 윤리 세월성의 윤리로 다시 그다음은 반(反)윤리가 아니다 아름다움은 해방적으로 아름다울 것 혁명적으로 아름다울 것 누가 누구를 사랑하는 사실만이 중요한. 버릴 것 하나도 없는 그리고 다시

　　상처받은 아내라도
　　아내는 이미 내 몸의 일부이기 때문이다

　일상적으로 살을 섞는 일은
　살 섞는 일을
　밥이게 하며 반찬이게 한다
　습관이게 하며 다반사이게 한다
　그 귀중한 세월을 통해

사랑이 익어가는 낯익음의 힘이여. 그 힘이
숏타임 따위 그 은밀한 자본주의 빼앗음의 간직함의
빼앗김의 쾌감이데올로기를 부숴버린다.
봉건적 거느림의 착각을 부숴버린다.
 사람이 일생 동안 감당할 수 있는 진정한 사랑의 몸의 숫
자는
몇이나 될까?
몸과 마음으로
가슴과 정신으로 진정 사랑할 수 있는 사랑의
정신과 육체의 숫자는 몇이나 될까,
가슴을 아무리 확장시킨다 하더라도?
하나뿐이라면
거짓말이다. 당신만을 사랑해. 첫사랑.
옛날 애인의 추억도 있으므로.
그러나
몸을 통한 기쁨도
세월을 통한 낯익음을 거쳐서
진정하게 커간다는 것

생활은 사소하고 잡다한

부엌과 안방과 건넌방과 가재도구에서

생활은 친근하고 피비린 큰아이와 작은아이

출생과 육아와 열매성에서

생활은 그 슬하에서 성생활을

세월에 따라 흘러가는 그 몸의 기쁨의

연륜을

해방되게 한다.

정치문명사적 남성지배적 마조히스트 사디스트적

중산층의 정서적 오염에서 벗어나게 한다.

오염의 속박이데올로기에서

아내를 사랑하는 일은 아내에 대해서

안절부절못하는 일에서 해방되게 한다

낯익어가며 익어가는 사랑의 과정에서

중요한 것은 어차피 간직하는 일이 아니라

항상 넘치는 일이라는 것을 나는 알았다

마찬가지다 텔레비전 주간지 신문에 나오는 카바레 제비족 바람난 중동 근로자의 아내 따위 여관을 전전하며 몇 차례 통정, 카바레에서 눈이 맞아, 몇 차례 협박 공갈 사취, 따위는 누구에게 무한한 쾌감과 수치와 불안감으로 오는가 주간지를 읽으며 부르르 떠는 독자들은 그때의 쾌감과 불안과 아픔을 느끼며 다시 아랫배가 팽팽해짐을 느끼며 다시 증오하고 다시 지켜야 할 가정이 지켜야 할 아내가 끔찍한 두려운 괴물로 기묘한 안보논리로 바뀌고 방위성금을 내도 그것만으로는 안 돼, 그것들이 다시 빼앗김으로 안간힘을 써도 들이닥쳐! 정서적으로 뼈아프게 자기 집 대문을 부수고 안방문을 부수고 이불을 걷어차고 털 난 가슴으로, 때 묻은 맨발로 덮쳐오는 간직함의 이데올로기 실제로 목을 매고 싶은 충동을 느끼는 것은 간통 당사자들? 소시민 중산층 독자들?

없는 자들은 없음으로 해방된다 '네 이웃의 아내' 어쩌고
외국영화 들여와
네 아내는 무사하냐? 선전선동 해싸도

가난이, 시커먼 오징어 좌판이

하층계급이 지니는

역사진보에 대한 당연한 권리에 대해서

몸을 파는 보수적 생계 유지 수단이 아니라 미래를 위한
노동문화의 예감이자 윤리. 일의 기쁨 생산의 기쁨이 다시
쟁취되는 순간. 전망만 갖출 수 있다면. 다만 싸움으로 그 전
망을 구체화시킬 수만 있다면. 노동자가 라면 먹다가 쌀밥
먹는다고 노동자들의 싸움이 끝나는 것은 아니므로 노동문
화가 중산층화된다고, 편입된다고 그 역사적 정당성이 끝나
는 것은 아니므로. 이 시대 가장 처참한 삶을 사는 밑바닥 인
생들이 갖는 진리에의 권리랄까 제3세계 억눌린 사랑이 노
동이 되고 노동이 사랑이 되는 그 미래적 해방에의 예감. 그
속에 그대 아름다움 또한 있으리니 본연의 모습으로 미래를
향해 열린 모습으로

진정으로 사랑하는 노동

진정으로 노동하는 사랑

싸움의 피, 그 아름다운 피가
  생산의 피, 그 비리디비린 피와
  구분되지 않는
  구분될 수 없는
  아름다움의 시대.

어쨌거나 아내를 사랑하는 일은
넘치는 일이었다.
간직하는 일이 아니라 스스로
소유욕에서 해방되는 일이었다.
아내와 나는 한 몸으로
이 식민지시대의 아름다움을 괴로워하기로 한 것이다.
아내도 또한
다친 아름다움이며 내 몸과 한 몸이었으므로
오순도순 살고 싶다 했지만
아내의 몸속에 내가 들어 있고 내 몸속에 아내가 들어 있
으므로
  아름다움을 속박 상태에서 구원하는 일이

우리들 몸을 구원하는 일이었으므로
결혼은 넘치는 사랑을 통하여
사랑은 우리들의 도피처가 아니라
전진기지가 되기 위해서
생계는 야합이 아니라
해방의 무기가 되기 위해서
몸은 간직할 대상이 아니라
그 보수주의의 동전 뒷면인 프리섹스 몸을 파는
'미스터 굿바를 찾아서'가 아니라
그 좆심 우선순위의 남성지배적 질병이 아니라
흘러넘쳐야 할 대상이기 위해서
단둘이 오순도순 살고 싶다 했지만
끝내 사랑은 해방되었을 거였다.

   방종한 구미식, 벗기기식 성해방이 아니라 그 졸렬만 모방
인 일본식 관광기생이 아니라

   싸움과 피의 개념이 섞인

공동체적 기쁨의 사랑으로

약탈과 약탈의 정신적 쾌감적 불쾌감적 죄책감적 불안감
적 증오감이 교묘히 버팅겨주는 봉건시대
와 제국주의의 반역사적 야합이 아니라.

사랑이 몸과 정신의 기쁨으로
유물론과 초월성의 치열한 결합으로
몸과 정신의 기쁨이 미래를 위한 힘으로
서로 사랑하는 사람만이 느낄 수 있는
아주 오래도록 갈수록 사랑해왔던 사람들만이
일용의 양식으로 느낄 수 있는
건강한 몸의 살 섞음의 진정한 정신적 기쁨으로.
그것이 전진기지가 되는
건설의 공동체로
싸움하는 평화로
싸움과 평화가, 기쁨과 생산의 고통이
서로를 고양시켜주는

그 갈등이 고양이고 다양성이고
그 갈등의 고양적인 힘이 버팅겨주는 삶.
사랑하는 사람만이 기쁠 수 있고
사랑하는 사람만이 생산할 수 있다.
사랑하는 사람만이 즐길 수 있다.
연민과
아름다움을
어차피 필멸의 인간이므로
연민과
죄책감 없는 아름다움을.

일상적 혁명과 혁명적 일상 그 사이에 결혼이 있고 아내
와의 사랑이 있고 혈연의 자식이 있고 세상과의 사랑을 위한
전진기지가 있고 생계가 있고 시가 있다면 우리가 쟁취할 아
름다움은

내가그대를사랑하는것이무기도되고근육질도되어야
할것입니다그대를위해사회를위해안녕.

그리고
피 흘리는 근육은
복수심으로 아름답다.
그리고 해방되었을까 사랑의 관계는?
사랑의 관계도
무너지는 것이 아니라
완성되는 것이었을까?

　그대를 만나고 염탐질만 늘었답니다
　따라온 길 슬끔슬끔 뒤돌아보면
　아찔한 벼랑입니다 남이 행여 볼세라
　주신 사랑 야금야금 짜금질댑니다
　염탐질 눈치짓만 늘었답니다 이러다가
　이러다가 당신이 너무 좋아서
　당신이 당신인 것도 모르면 어찌하지요
　만남의 깊숙한 그 가장 머나먼 지평선
　낱낱이 헤아립니다 너무 좋아 너무 좋아서

당신 속에 제가 온통 상실되면 어찌하지요
만남의 드넓은 평야 그 줄기 뻗어간 산맥
으로 우리는 힘차게 발을 디딥니다만 우리
사랑이야 함께 나아가는 바탕입니다만

12

아름다운 아내

아내의 사랑과 몸과 생활은

모든 살아 있는 것들로 통하는 열린 문이었다.

어차피 이미, 아니면 문득

고향과 추억과 지난 생애가 모두 일부였듯이

그리고 그것을 미래를 위한 일부로 만들 수밖에 없었듯이

아내는 가장 힘찬

살아 있는

나아갈 삶의 일부가 된 것이었다.

아름다움에 살이 채워지고

피가 흘렀다.

온기가 흐르고 아름다움이 인간화되면서

아내에 관한 한

나는 아름다움에 대한 죄의식에서 해방된 것이었다.

아내와의 미학은 드러내 보이면서 해방시키는 폭로의 미학? 받아들이면서 전멸시키는 그런 것? 은밀히 감추며 죄의식 느끼는 그런 것 아니라 추한 것까지 슬픔까지 받아들이는

민중미학? 그게 다는 아니었지만 아직 봉건성에 뒤섞여 있는 잘못 저질러진 역사였지만 되돌아갈 수는 없으므로 추억일 수밖에 없는 그런 거였지만 개인의 해방과 공동체적 해방 의지의 사이에서 순결한 구원과 타락한 사회 사이에서 또한 더러움의 구원과 구원의 더러움의 혁명적인 변증법에서 우리를 옥죄고 있는 그 그물에서 각자 벗어나는 일과 그 그물 자체를 민중들의 고통받는 공동체를 위한 탄탄한 버팀대로 변혁시키는 작업에 뛰어드는 일과의 연합전선에서 아내는?

아내와 사랑행위를 하며 신문을 본다
아침 신문을 본다 우리 스스로도 인간화되며
우리 스스로도 이 괴로운 지상에 머물자고
아내와 사랑행위를 하며 아침 신문을 본다

건드리지 말아요! 그 언저리에는 '돈 텃춰' 무릎과 무릎 사이, 오늘 그대 앞에 내민 빈 술잔에 그 작은 입술로 사랑을 가득 채워라 유리는 오늘도 집에 안 들어와, 엄마, 죽고 싶어, 내 살결이 얼마나 고운데 이렇게 함부로, 미스터 '좆심

'좋은 방맹이'를 찾아서……

아내와 살을 섞으면서
사랑과 사랑행위는
오히려 연민에 가깝고
오래 갈수록 사랑은
서로의 추한 자리를 받아들이는
낯익어야 가능한
필멸적인 인간 조건의 기쁨인 것을 알았다.
기쁨에도 시간이 걸린다는 것을
아니 온 생애가 걸린다는 것을 알았다.
아주 편안하게
서로의 모자란 곳을 의논하며 채우는 기쁨.
안쓰러운 떨림을 받아들이고
습한 알몸을 받아들이고
슬픔의 짠맛을 받아들이고
비린 살덩이 속에 도사려 펄펄 뛰는 생명과
죽음의 시간조차 받아들이는 기쁨.

그리고 육체의 그것도.

진정한 기쁨에는

시간과

용서와

연민과

낯익어감과

받아들임과

사랑이 필요하다는 것을 알았다.

그리고 그때의 사랑은

받아들이면서 꿰뚫리면서

그와 동시에 꿰뚫고 지나가는 사랑.

그때의 모순마저 받아들이고

모순에 묻은 피와 땀과 비린내마저 받아들이는

받아들이며 전진하는

관통의 사랑인 것을 알았다.

그후로 아름다움은

아름다움의 추함과 연민과 풍요로운 인간성이랄까

갈수록 넘쳐 오르고 흘러내리는

보물단지라고 할까 그러나 거기서 머물 수 없는 아내.

아름다운 아내를 통해

가장 부끄런 눈물을 들여다보고

가장 초라한 통로를 들여다보고

그것을 통해 세상을 보았다.

초라한 세상의 의미를 알았다. 아내는 비로소

건강한 아름다움 해방되는

아름다움이었다. 서로에게 낯익어가면서

기쁨 또한 그윽해갔다.

공동체적으로?

아내가 몸을 더럽히더라도 설사 그럴 리는 없겠지만 나를
괴롭히는 것은 아내가 아니다 몸의 기쁨이 아니다 사랑이 아
니다 아름다움이 아니다 더럽혔다는 말이 지니는 체제 온존
보수이데올로기적 자극 효과 그것이 대중섹스문화의 본질임
을 알았다 그리고 봉건주의와 제국주의가 굳건히 이어지고
서로 야합하는 장소 중 가장 괴로운 뒷골목이 바로 휘황찬란

하기 때문에 우리들은 식민지에서 괴롭다는 것을 알았다 아름다움에 대하여 건강한 기쁨의 체위 아내를 통해 아니 아내와의 오래된 사랑을 통해 알았다 해방의 미학을 물론 일방적이고 일차적인 것이었지만 아내와 내가 함께 한 몸으로 식민지의 아름다움에 대해 그 썩어가며 고름 질질 흘리는 어두운 뒷골목 스멀거리는 불광동 숫타임 골목에 대해 괴로워하고 사랑할 수 있는 그 사랑이 싸움이 되는 추함과 연민과 풍요성의 사랑 미학 아름다움이 익어가면서 그 열매인 아이들을 낳고 서로를 서로의 안쓰러운 구석을 들춰내면서 죄의식에서 해방되는 기쁨으로 가는 건강한 길 강간이니 겁탈이니 하는 말이 강요하는 도착적 기쁨과 강박관념과 피해의식의 소시민적 혼합에서 벗어났다 아내와 함께 기쁨에 이르는 길 최소한 잔치로서 사랑의 기쁨에 이르는 길 옛사람들은 왜 눈물과 웃음을 설움과 분노를 그리고 한과 원한을 뒤섞었겠는가 눈물도 웃음도 해탈도 아닌 아니 그 모두인 탈바가지를 쓰고 난간 이마에 주걱턱, 옹케눈에 개발코, 산통은 갖발른 관녕 같고 수염은 다 모지라진 귀열 같고 상투는 다 갈아먹은 망좆 같고 키는 석 자 세 치 되는 영감이 올수에, 외쳤는가? 신

멍 바람에 휘말려 얼쑤얼쑤 자기 것으로 할 수 없는 것들을
과감하게 버림으로써 어깨춤으로 해방감을 맛보았겠는가

　그러나 나는 아름다운 아름다움도 버리지 않는다. 열매와
살기등등한 꽃과의 관계. 아름다움과 앙칼진 목숨과의 관계.
나는 사랑한다. 아름다운 아름다움도 무기가 되는 핏발 서린
아름다움일 때까지 사랑한다. 슬픔으로 괴로움으로. 사랑한
다. 저 휘황찬란한 슬픔의 거리도 사랑한다. 그 안에 든 매독
까지 사랑한다. 흘러가며 화려한 불빛에 씻겨져가는 저 얼굴
없는 화장(化粧)의 하얀 얼굴들. 죽음의 그림자까지도 분노
하며 길길이 사랑한다. 번쩍이는 조명 나이트클럽 알몸들의
광란의 몸부림까지 사랑한다. 욕정적이고 요염하다. 죽음과
도 같이 필사적인 저 아름다움의 시체까지도 썩은 냄새까지
도 양공주도 두 눈 부릅떠 외쳐 부르며 사랑한다.

　돌아오라 만천하 식민지의 짓밟힌 처녀들이여
　돌아오라 만천하 식민지의 빼앗긴 상처들이여
　미친 듯이 해방의 그날 부르며 손뼉 치며 돌아오라 만천하

매판의 빼앗긴 젊음들이여 순결이여
돌아오라 마침내 투쟁의 꽃다운 나이들이여
번영으로 저질러진 카페여 영화관이여 대사관이여

　홀러가며 홀러가며 어디로?
　서럽도록 휘황찬란한
　눈물에 어리는 그대의 모습과도 같이

절망적이도록 화려한 몸짓들이여 껍데기들이여

　살과 피로 돌아오라
　체온과 액체로 돌아오라

해방. 아름다움. 예감. 꽹과리 소리.

처참한 목숨 속에 든
해방의지였을까?

식칼처럼 예리한

아름다운 얼굴과도 같이

살갗 치 떨려

온몸에 곤두선 소름과도 같이

소름의 그 복수심 어린

비수와도 같이

소름 끼치는

진저리 치는

충동과도 같이 그러나

해방으로 가는

시퍼렇게 날선

식칼과도 같이

경악스러운

아름다움과도 같이

그리고 광목 폭 찢어진 죽음 속에서 보았다

아름다움의 한 완성을

그러나 그날도 교정 바깥에서 아름다움은 여전히 신음하고 있었지 혓바닥을 길게 늘어뜨리고 룸살롱이거나 비어홀 휘감아오던 들척지근해 이건 너무! 볼장 다 본 인생 인삼찻집 아줌마거나 보드라운 조갯살 따위 역겹고 달콤한 입술과 혓바닥으로 허기진 것도 아닌데 길게 축 늘어져 막장 흘러 흘러서 유행가처럼 칙칙한 중년여인의 돼지 같은, 징그러운 몸매로 낙지발 문어발 오리발 애들아 먹통 빼고 낙지 한 사라 아니면 일본에서 인쇄해 온 삼성전자 가스렌지 선전 포스터 속에서 늘씬한 다리 봉그슴한 젖가슴 보일 듯한 미니스커트 속에서 아니면 헬스클럽 사우나탕 안마시술소 그 하얀 시트 밑에서 녹작지긋한 뼈가 녹는 자살의 쾌감 속에서 아름다움은 여전히 배신당하고 있었다 헉헉, 돈 받고, 서비스로, 감창 소리소리 지르며 단내 풍기며

그 아름다움을 되찾아 미래를 향해 되돌려놓아야 해. 그리고

그 결심으로 마지막으로 여자인 아내 아내인 여자의 몸을 통해서 산이 보였다. 그 눈물겨운 산이.

"산이 생겨라!"

낯익어 투박하고
정이 철철 넘쳐흐르고
눈 들어보면 항상 있지만
마음속 아주 깊고 넓고 아픈
누추한 한 자리쯤 되는 것처럼
여전히 소중하고
안쓰럽고 푸근하고
다시 솟구치는 산
흘린 피 썩어들어 기름지고
완만하되 굳건한 산
역사인 산, 부드럽지만
단호한 생명의 젖줄인 산, 마냥 맘 좋을 것 같아도
한번 터졌다 하면 한반도
전체를 뒤집어엎을 것 같은 산
무서운 산 인자한 산

가도 가도 언제나 있는

민중의 끝없는 고난처럼

익숙한 듯 가파르고

가파르되 사람을 결코 쓰러뜨리지는 않는

하느님 같은 산, 진실은

결코 높이 올라가 발견하는 것이 아니라

끝없이 끝없이 내려가 그 속에

그 민중의 함성 속에

그 무덤 속에

그 죽음 속에

살 섞으며 동참하는 것임을

오르는 사람에게 완만한 높이로

그리고 왕성한 수풀로

끈질기게 참을성 있게

그러나 준엄한 목소리로

안식과 기쁨 주며 일러주는 산

투박하고 힘 있고 언제나 있지만

또한 언제나 정복과

싸움의 사랑인 산
친근한 일상인 산

그리고 그대의 그 치명적인 아름다움을 통해
나무가 보였다. 그 혼신의 나무, 희망의 양식인
나무가.

"나무가 생겨라!"

13

"나무가 생겨라!"

무엇이었을까
그 움켜쥠의 뿌리로
땅껍질을 꿰뚫고 나와
흙을 흙으로 모으고
산을 산으로 모으고
세상을 세상으로
갈쿠리 손으로 긁어모은 그
홍수로부터의 탈출
산사태에서 드러난
나무. 그 뿌리 터럭이 움켜쥔 것은
사랑의 억척스럽고 모진
모성이자
근성이었을까 나무.
낯익은 세월의 깊고 깊은 이슬 속
사랑의 땀방울 속
오래된 습기 속에서

축축한 흙 속에서 나무.
숨결이 꺼칠한
숨결마저 껍질처럼 꺼칠해진 나무.
비탈 벼랑 악착스럽게
버팅김의 미학, 나무.
충혈된 심장의 나무.
내 고단한 고막 속에서 할딱거리는
나무. 사랑의 안간힘.
비명 소리. 다시 돌아와도.
나무. 다시 껴안아도 마찬가지였다 나무는
깡마른 어깻죽지
새파란 하늘 속으로 흐느껴
출렁여댈 뿐, 나무.
홀로 단둘이만 있어도
내게 아무것도 바라지 않는 투의
나무. 그냥 숨결만
새근거리지 않고
꺼칠한 나무.

가녀린 손.
그 가녀린 앙칼짐으로
버팅기는 세상, 나무.
의 세상의 눈물의
홍수 바스러져 흘러 내리는
습기 찬 흙 속에 나무.
붉은 눈 충혈된 나무.
뜨겁게 볼을 부벼도 꺼칠한
나무. 호흡 숨가쁜 나무.

　두들기셔요 나무의 심장을
　너무 거칠지는 않게
　부서지지 않게
　두들기셔요 나무의 가슴을
　그 보드란 거친 숨결을

아름다움은
배반이었을까, 나무.

그 자그만 그러나 끈질긴

나무. 가녀린 숨결 속 그 거친

부드러움이

나무. 이 세상 홍수를 홀로 떠받치고

충혈된 나무. 그 나무는

완강한 땅껍질을 뚫고 나와

끈질기고

악착스럽고 징그런

사랑의 뿌리.

세상을 버팅기면서 그것으로

자신의 이파리를 키우고 열매와

수풀을 키우고 수분 가득한

나무. 그것을 자신의

생계의 미학으로 삼는

나무, 갑각류의

껍질의 나무. 그 껍질과

조갯살 속에 스며든

사랑 욕망과의

건강한 관계, 나무.
그 척박한
척박함의 힘,
나무.

그리고 아내 속에 든 나 내 속에 든 그대 그대 속에 든
아내를 통해 들이 보였다. 오욕과 영광의 들판이. 그
제3세계의

"들이 생겨라!"

젖가슴은 짓밟혀 찢기고 파헤쳐진 거친 들판 그러나 여전
히 너그럽게 풀을 키우고 곡식을 키우는 풍요로운 어머니 대
지였지 농약과 기름과 외세에 오염됐지만 우리들의 피 우리
들의 살과 뼈를 키웠다 우리들은 식민지의 젖과 꿀과 떡을
먹고 자랐다 옛날로 돌아갈 수 없어 돌아가는 추억이 될 수
없다 이미 벌어진 싸움터 풍요로운 투쟁일 뿐 남북통일로 가
는 잔치이자 아름다움이자 다시 투쟁일 뿐 추억조차 힘이 되

어 솟는 어떤 미래에의 예감 그렇다 식민지였지만 어쨌거나
그 아름다운 흙가슴은 우리들을 젖과 꿀과 공기로 키웠다 어
쨌거나 젖가슴은 우리들을 키우고 우리들에게 배반할 길까
지 마련해주었다 배반이 아니다 더럽혀진 들판의 잡초까지
모두 거두어 우리가 나아갈 길은 버리는 길이 아니다 피해
가거나 돌아갈 수 없으므로 일제 36년 해방분단 40년 그 이
전으로 돌아갈 수 없으므로 돌아가서도 안 되므로 중공땅 만
주국 한인마을의 강강술래 시절로 댕기 땋고 그네를 뛰는 동
네 처녀들 오순도순 살던 기억은 눈물 글썽거려 안타까운 추
억이지만 식민지는 저질러졌으므로 가지 않겠다, 역사가 그
냥 역사인 것은 아니므로 사람이 그냥 사람인 것은 아니므로
저질러졌지만 그만큼 나아갔고 찬란하게 이룩된 3월 백성봉
기 4월 시민봉기 5월 민주봉기 우리들의 달력 속에 밥 속에
우리들의 핏줄과 뼈대 속에 있으므로 우리는 구원의 진리로
나아갔으므로

  앞만 봐야 해 뒤돌아보되
  사람이니까 아름답게

뒤돌아보되
조금만 보고
앞만 봐야 해, 괴롭지만
괴로운 것도 힘이야
앞만 봐야 해

"세상이 생겨라!"

 사랑이 생산일 수 있고 투쟁일 수 있고 기쁨일 수 있고 복
수심일 수 있고 수확일 수 있고 땀 묻은 꽃이자 피 묻은 열
매일 수 있는 세상 소유욕이 아니라 공동체인 세상 겁탈. 유
린이 아니라 사랑으로만 가능한 기쁨의 세상 몸의 속박에서
해방된 세상 그 들판은 피가 흘러 썩고 고여서 썩고 그래서
땅이 기름진 생명을 키워내는 곳 나눠 먹고 함께 싸우고 살
내음이 이슬 흙내음과 뒤섞여 함께 일하며 코를 찌르는 향
기 풋풋하고 들끓는 곳 죽음과 삶이 서로 화해하며 다시 싸
우며 부족함 없는 나라 지키기 위하여 팔다리 잘리고 목숨마
저 잃고 이 지상을 떠나는 것이 마음속에서도 슬프지만 전혀

낯익은 축복이자 영생인 땅 평화롭지만 버팅김의 긴장 팽팽하게 솟구쳐 근육 심줄 떨리는 땅 죽음의 기억조차 삶을 깊고 살지게 하는 마을 혁명. 해방투쟁과 풍요성이 어우러진 농민군의 도시마을 건설과 벼 이삭 벌판이 한데 어개동무 전진하는 마을 건설의 치솟음과 벼 이삭 고개 숙임이 아름다움을 뛰놀게 하는 마을 오순도순 살되 단호한 의지의 마을 또다시 피비린 외세 침략이 오더라도 해방된 약소민족의 마을과 마을 연대를 이루어버리는 것만이 영원히 간직하는 길 죽는 것만이 영원히 사는 길 나아가자 외치는 마을 사랑하는 일만이 비리디 비린 목숨 영원히 아름답게 하는 길이며 진리이며 숙명인 마을 투쟁 속에서 당연히 괴로움 없이 아름다움도 아내와 딸들도 피해자가 아니라 무기인 마을 아름다워라 생산의 피 투쟁의 피 살기등등한 월경피까지도 모성본능 아름다움의 살과 피를 맛볼 수 있는 세상 들판에 소낙비 장대로 죽죽 내릴 때 희뿌연 안개 벌판 은혜로운 빗줄기 두려움 없이 아픔 없이 받아들이는 벼 이삭처럼 그 속에 그 탄생과 피투성이 이슬과 살기 속에 고개 숙이고 섰는 번득이는 순결한 복수심처럼 아름다움도 희망이자 구원이자 힘이 되는 마

423

을 무자비한 세월 속에서 정정당당하게 나이를 먹는 마을 의
로운 죽음은 영생이므로 나날의 삶이 곧 죽음을 준비하는 일
이므로 나날의 싸움이 모여 그 최후가 사랑과 싸움의 집적이
고 영원한 안식이자 영원한 삶이므로 우리들 사랑과 싸움이
우리들 생애에 끝나는 것은 아니므로 아름다움의 나이가 있
는 세상 아름다움의 무참한 주름살이 있는 세상 마침내 죽음
과의 싸움과 사랑이 밥을 위한 사랑과 싸움이 외세 침략의
바닷가 지켜야 할 공동체의 갯벌 바닷가에서 마침내 마침내
노동이 투쟁이고 투쟁이 노동인 세상 피 묻은 기폭으로 펄
럭여댈 평화와 같이 박수갈채로 물결칠 호미춤 낫춤과 같이
해방투쟁을 통해서 그 위치에서 떨리는 구원의지로 해방된,
참혹하게 아름다운 세상 치열하게 너그러운 세상 아아 마침
내 오고야 말 우리들의 세상.

"밭이 생겨라!"

그리고 물론 전쟁이 아닌
삶의 현장에서

과거가 아닌 현재에서
남의 나라가 아닌 이 한반도에서
예언이 아닌
밑바닥에서
밑바닥의 예언성 속에서
내가 만난 그 여자 속에서

다시 세상은 아름다웠다 산 넘고 바다 건너 전방 그 옛날
격전지 양구에서 그곳은 지금 격고지 전시적지(戰時敵地)다
민통선 근방 인가가 드문드문 나 있었다 야영지였을 텐데 단
풍나무 산 자작나무 수풀과 오솔길과 나뭇가지 사이로 공비
토벌작전 아름다움이 불쑥불쑥 소름 끼치는 무서움으로 뇌
리를 갈기는 새빨간 단풍낙엽과 풀밭이 사이좋게 누워 있고
깔려 있었다 우리들은 잠복조 땀 절은 군복 매복용 판초우의
에 무좀 난 군홧발 터덜거리는 걸음걸이에 엠16소총 자동화
사격장 근처에서 화약 냄새 풍기며 사실 무서울 것이 없었으
니까. 여럿이고 갈겨버리면 그만이었으니까. 살고 싶지도 않
았으니까. 나는 화약 냄새와 땀내와 전쟁의 냄새를 독하게

풍기는 육군병장 험상궂은 사내 갑자기 어디서 튀어나왔는
지 화들짝 하고 여자가 놀랐어, 나도 "어디서 많이 본 것 같
은데?" "보긴 어디서 봤다구 그래요?" "그럼 왜 하던 짓 멈추
고 화들짝 놀라냐? 바른대로 댓 쌍! 갈겨버리기 전에!" 내 총
구 앞에서 그러나 그녀는 바르르 떨지 않았는데 살려주세요,
하지 않았는데 아아 그녀는 얼마나 해방이었는지. 이제는 오
히려 내가 얼마나 살고 싶었는지. 살려주세요 살려주세요 제
발 하고 싶었는지. "야, 이 새꺄! 어디 쏴봐! 쏴봐! 한번 주면
될 꺼 아냐, 왜 찝찝하게 구니 이 새꺄!" 아아 나는 얼마나 고
마워했는지. 그 드러낸 가슴 내팽개친 몸뚱이에 대해서. 바
르르 떠는 죄의식의 쾌감 따위 전쟁영화에 나오는 처녀, 순
결, 겁탈의 논리가 와르르 부서지고 무너지고 박살이 나는
그 순간. 물론 너무 충격적이어서는 안 되지만 얼마나 통쾌
하고 감사했는지. 살아서 못 나가리라고 생각했지만 살려줘
살려줘, 외치고 싶었는데. 이제사 진정으로 순결(!)해진 그
녀. 정말로 정말로 나는 그녀를 껴안고 싶었는데. 주책없는
눈물이 흐려져 그것도 물론 그녀에게 그렇게 보였을 리는 없
지만. 짐승같이 색마 같은 개자식, 이 살얼음 같은 전쟁통에

개자식, 되게 밝히네. 그렇구 그렇게 보였겠지만. 슬픈 건 슬
픈 거였지만. 돌이킬 수 없는 날들이었지만. 다시 눈물이었
지만. 다시는 그런 여자가 생겨서는 안 되는 세상이 되어야
하지만. 그 창녀를 나는 결국 껴안을 수 없었지만. 눈물을 흘
리며, 싶었는데, 왜 전쟁 이야기에는 예쁜 탤런트 겁탈 장면
이 많이 나오는 것일까? 투쟁 혹은 전쟁에 대한 공포를 극대
화시키려는 것일까 일상적 투쟁과 통일을 위한 민주투쟁까
지 공포스럽게 만드는 것일까 물론 빼앗길 수는 없는 거지만
함부로 줄 수도 없는 거지만 우리들 간직할 것에 집착하도록
만드는 것일까 내 눈앞에서 내 흘러 내린 눈물 앞에서 이 여
자는 이미 벌써 전쟁 이전에, 전쟁 이전의 그 참담함 이전에,
가난과 슬픔에 입술 깨물고 짓눌려 이를 악물던 시절에 스스
로 어쩔 수 없이 과감히 벗어버리고 내팽개쳐버렸는데, "야
이 새꺄! 내 ×지엔 구득살이 백였다 딱딱하게, 이 새꺄! 뭐
금테?" 빼앗겼으되 해방되었고 나름대로 해방시켜주지 않는
가 우린 얼마나 행복한 세대인가? 슬픔의 계절 없이. 그 흐
느낌의 세월도 없이. 그녀로 인해 해방을 느낄 수 있다면. 물
론 잘못된 해방이지만 어쩔 수 없는 운명과 숙명의 엄청난

힘을 어쩔 수 없지만. 여차하면 모가지가 날아가고 가슴에
벌집 구멍이 나고 굶어죽고 빨갱이로 죽고 부역자로 죽고 민
란으로 죽고 오인 사살 오인 폭격으로 죽던 그 지옥 같은 전
쟁통 무슨 처녀성이 문제였으리 인간은 물론 연약하지만. 그
렇게 보수적이지도 않고 목숨 부지에 관한 한 오히려 동물적
이고 파렴치하다. 피의 인간은 잔인하게 해방 지향적이다.
월맹 베트콩 미인계에 말려 부비트랩에서 죽창 찔려 죽은 병
사가 얼마나 엄청난가. 아름다움은 거꾸로도 무기가 되는 것
인데. 아름다움에 관한 한 전쟁의 실상과 파괴 행위는 두려
운 지레짐작보다 훨씬 작다. 아무튼

　　그때도 사람들은 살았고
　　아쉬움 따위 수치심 따위
　　정조 따위 생각할 겨를 없이
　　악착스럽게 살아남았다
　　주먹밥이 오히려 귀했다

　저 브라운관에 비친 아름다움의 수탈 과정은 6·25 때 것

이 아냐.

　오히려 우리들이 만들어낸

　이데올로기라는 괴물이야. 걸맞지 않게.

　핑크빛 무드 속에.

　안주하고 싶어하는.

　킹콩의 사랑 같은 거야. 우리들이

　아직도 중산층이라는 증거지.

　우리들은 그 괴물의 노예인가.

　아무런 희생 없이 어떻게 올바른 미래를 이루겠는가.

　그러나 희생이 아니라

　보상일 수도 있다.

　역사가 우리에게 남겨준 것은.

　지금 이 시간 이 시대 이 식민지의 시간 속에서

　아름다움을 사랑하는 일은

　고통이지만.

　우리만의 것.

　저질러진 역사가 우리에게 남겨준

　우리만의

해방의 힘.
그 처참한 저질러짐의 힘으로
관통을 위한
삶을 위한 무기로.

앞서가라 나아가라 저 식민정책의 매음굴인 네온사인
휘황찬란한 도시 속으로 그 음탕한 더럽혀진 자궁 속으로
그것까지 우리 것으로 만드는 일은 또 얼마나? 오로지
사랑과 투쟁과 역사의 가르침으로만 가능한? 그런데 가난이
비참한 생활이 그 목숨의 전쟁을 통해서 스스로 해방되고
있지 않은가 한 여자의 과거, 한 여자의 타락해가는
생애에 집착하도록 우리는 배웠다 반공교육으로 그리고
그 여자가 그 미친 여자가 백주에, 대낮에 내 총구 앞에서
다리를 벌리고 누워버렸던 것이다. 아름다움이란 이토록
처참한 것일까. 비린내 풍기고 값싼 화장내 풍기고 썩은
시체 냄새도 풍기고 전쟁이 낳은 아름다움이란 저리도 멀리
떨어져 있는 자세로 이미 우리 몸속에 들어와 있는 것일까.

그대 순결한 채로 해방되라

그대의 순결함 속에 이미

빼앗김의 역사 전체가 들어 있느니

14

사실 나는 여자가 보이지 않았어.
술에 곤죽이 되어
파김치로 늘어진 몸을 일으킬 수도 없었으니까.
어렴풋이 생각날 뿐이다.
슬픔을 안간힘으로 가린 듯
아니 지금 생각해보면 그것도
기막힌 생계 수단이자
무기였을 거였다. 눈물의 호소와 같은.
죽음의 색깔처럼 짙은.
얼굴껍질 화장의 흰 가면.
검은 눈썹.
빨간 루즈와.
맥주에 물들인 빨강머리 노린내 비슷한.
파마 냄새 북한사람 같은.
크고 이질적인 눈매.
그런 것들이 어렴풋이 생각날 뿐.

  벗으세요, 손님.

그래 알았다, 너 먼저 벗어라.

그리고 잠.

벗었어요 손님.
그래, 브라자도 벗어야지.

그리고 잠.

벗었어요 손님.
팬티는 뭐 할라고 걸쳤냐, 금테 둘렀냐?

자 다 벗었잖아요, 돈은 친구분이 내셨어요.
자, 빨리 뛰고 손님 또 받아야죠.

알았다.

그리고 또 잠.

에이 씨팔, 뭐 이런 새끼가 다 있어?

잠.

하기사 저질러진 것에 대한

의미부여일 뿐

돌아갈 수 없음에 대해

그것조차 딛고 앞으로 나아가야 한다는 것일 뿐

어쩔 수 없는 위로의 말일 수밖에 없지만

그 여자가 무슨 해방을 위해 산다 어쩌구 하는 것도

내 사치심일 수밖에 없지만

저질러질 미래를 위한 위로의 말일 수밖에 없지만

끝까지 지킬 것은 지켜야 해, 더 이상 빼앗길 수는 없는 거

지만

고통을 겪으며

아름다움은 약삭빨랐다. 나중에 들었지만.

포주의 말. 야 이년아, 진짜 했냐?
증거가 있어야지 저 군바리 새끼
낼 아침에 일어나서 니 도망쳤다고
지랄발광하면 난 어쩌냐, 증거가
있어야지, 쌌다는 증거가.

여기 있잖아요, 여기.
콘돔 속에 정액 1그람.

그래, 거기 군화 위에 놓고 가거라.
싸긴 쌌냐, 정말로?

아이참
여기 증거가 있는데 뭘 그래요,
나도 빨리 몇 탕 더 뛰고
먹고살아야죠.

아니 그래 이년아, 그게 물이지 정액이냐? 너 날 뭘로 보는 거야, 한번 주면 될 꺼 아냐 이 새끼가 되게 겁주고 앉아 있네. 야 새꺄, 자빠졌네 얼씨구, 그래, 살고 싶은 맘도 없으 니까 갈겨봐, 이 새꺄. 개 값 치르고 너만 손해야. 난, 홍천에 서 한물, 양구에서 한물, 서면에서 한물, 갈 대로 다 간 년야, 이 새꺄, 내 몸으로 지나간 애송이들이 너 같은 거 사단 군단 병력이야 이 새꺄, 지랄하고 자빠졌네. 와봐, 와봐, 와봐!

자작나무 수풀 사이
사이좋게 누운 풀밭 위에서
난 그녀를 범할 수 없었지만
감히 못 했지만 생각해보면
그녀의 막강한, 지독한 아름다움이 나를 범했다.
첫사랑이니
첫경험의 평생 잊지 못할
아프고 짜릿한 추억이니
얼마나 하찮은 것인가를 뼈저리게 사무치게
무릎뼈가 아프도록 알고 싶었다.
인간성 앞에서.

인간성의 비참한 순결 앞에서.

　아름다움은 아름다워야 한다
　내 뇌리 속 한 겹
　백지장 같은 그대
　그 백지장을 물들인
　이 세상의 죄악으로
　이 세상의 온갖 고통으로
　그대 끝까지 순결하라
　아름다움인 채로 일어서라
　사랑을 통해
　미래를 향하여
　질병이 아니다
　아름다움은 아름다워야 한다

　양놈들은 그래도 즈그들 끼리끼리 나름대로는 꽤 했어. 아 강간당했다고 여자를 일생 동안 더러운 물건 취급하듯 하는 사회는 아니잖아 적어도? 텔레비 방송에 나와 솔직히 그 고통을 토로하게 하고 또 위로받곤 하잖아?

　아냐, 그것만으로는 안 돼. 더구나 그들은 지들밖에 몰라.
그리고 즈그들 스스로도 해방되지 못했어. 백인종끼리만 노
력할 뿐이지. 도저히 참지 못한다구

　　백인종과 흑인종 사이의 관계를
　　백인종과 황인종 사이의 관계를
　　흑인종과 황인종 사이의 관계를

그들도 침략만 하는 게 아니다 세상이 어디 그렇게
불공평한가? 침략당해 있다 그들의 정서도 죄와 벌
피해망상증 변태성욕 바리에이숀클럽 하이소사이
어티 펜트하우스 카플즈 플레이보이 플레이걸 호모
레즈비언 그룹섹스파티 그 정도는 약과다 그들도
땅만 빼앗았지 스스로는 무언가 빼앗긴 정신병 환자

　식민지 부분에 대해서는 그들도

속수무책이야 부조리연극이니
다다이즘이니 잔혹극이니
자신의 아름다움에 대해서 속수무책이야
세기말이니 전위니 모두

그려두, 불쌍한 건 우리들뿐이구
이윤 냄겨먹는 건 중간상인뿐여.
아 그 통일교 피가름 어쩌구 한 것이
다 뭔디?

　동양의 신비한 나라다, 히피의 원산지다, 계룡산 예언자다
어쩌구 하면서 사이비 한국적인 걸루다가 일장훈시 할라 치
면 아 돈은 많아도 골텡이는 텅텅 빈 양놈들 우루루 몰려와
서 환상적으루다가 구원해주쇼 몽땅 바칠 텡께, 목숨만 구원
해주쇼 해쌌지. 그 몰려든 양코백이 인파들을 그럴듯허게 코
닥칼라루다가 확대 사진으로 찍어서는, '자 봐라, 교주님께
서 그 위대한 서양 국민들을 이만큼 감동시켰니라!' 매스컴
동원해서 설레발 죽이면 아 한국엔 또 좀 많은감, 그 얼빠진

중산층 미국과대예찬론자들이? 그리저리 얼빠진 사람들 사이를 왔다갔다하기 수십 번이면 아 태평양 횡단 보잉 747 비행기삯밖에 더 들겠는감? 그러는 동안 한미친선조약도 체결했겄다, 양쪽 나라에서 신도수가 폭발적으로 눈뎅이만큼 불어난다 이 말이여.

워디 통일교뿐인가?

물론 더 음흉한 속셈이 그 뒤에 도사리고 있겄지 그놈들이 워떤 놈들인디 세상을 지 손바닥 위에 놓고 들여다보는 징헌 놈들 아닌감? 하지만 적어도 문화적으루다가 말할쩍시면 그렇지 않느냐 이거여. 해방이 다 뭐여. 너무 안온하고 편안하니께 그런 생각도 없을 테지,
오늘날.

아름다움이 힘이 되고
해방되는 것은
제3세계 약소민족 해방투쟁 속에서뿐이다.

아름다움도 힘이 되고

해방되는 것은

그 고난의 현장 속에서뿐이다.

이미

저질러진 것.

그것을 관통하면서 저질러진 것까지 구원하고

데불고 가는

관통의

투쟁. 남은 힘으로 남은 부딪침의 힘으로.

깨뜨림과

깨어짐의 힘으로.

북소리 꽹과리 소리.

남은 혈연과

남은 공동체의 힘으로.

다시 부딪쳐

깨어지는

깨어지면서 이루는

만남의 윤리로.

세상은 아름다움뿐인가 저질러진 아름다운, 고통뿐인가?
아름다움만이 문제?

세검정에 가보면
푸른 하늘 밑 흰구름 밑에 있다는
청운양로원이 있다.
세검정 올라가는 확 트인 아스팔트 길목에는
아스팔트처럼 허리가 굽은
노인네들이 있다.
허리를 굽힌 채로 그 노인네들은 나타나
아스팔트처럼 검고
메마른 목소리로
길 가는 사람들의 소매를 붙잡는다.
백 원이나 한 이백 원쯤 달라고 하신다.
아스팔트처럼 까칠한 그 손가죽의 감촉.
이미 전시대 허름한 아스팔트가 되어버린 그 노인네들은
그러나 불쑥불쑥 나타난다.

버스를 타고 고향으로 달려가고 싶으셨을 노인네들은

그러나 다음 날에도 다시 불쑥불쑥 나타나

아스팔트의 몸짓으로

백 원이나 한 이백 원쯤 달라고 하신다.

구걸이 아니다.

하늘 밑으로 펼쳐진 북한산

그 든든한 경치가

사변통에 죽은 아들놈 가슴처럼 믿음직하기 때문이다.

가다가 다시 돌아오게 하기 때문이다.

그런데 이제 이곳에도 외국 공관이 들어선다

관광지로 개발된다 문화 단지가 들어선다고 난리다.

장관 다녀가고 외무부 고급관리 다녀가고 코쟁이들 자가
용 몰고 다녀갈

꽉 짜인 신식 아스팔트 길이 들어서기는 서겠다.

어쩔 것인가.

노인네들은 어쩔 것인가.

청운양로원쯤 사시다가 고향 생각.

그러나 다시 돌아와

헐렁한 아스팔트가 대충대충 남아 있는 수풀과 어울려 있는

이 세검정 동네에서 오도 가도 못 하고

그냥 구시대 무상원조시대의 누덕옷으로

누더기투성이 아스팔트인 채로 남아

그냥 백 원만 이백 원만 하시는 노인네들은 어쩔 셈인가.

세상이 점점 화려해지는 것은

가족이 없는 노인네들에게는 도움이 되지 않는다.

분단되어 있는 젊은이들에게도 도움이 되지 않는다.

병든 광채만으로 어떻게

가슴속 허전한 자리를 메꾼단 말인가.

날씨도 점점 추워지는데

마음속 비인 자리는 여전히 빈 수풀을 찾아 헤메고

세검정 높은 지대에서 부는 바람은 벌써

북만주 벌판 살을 에고 가랑이를 찢는 혹풍한설이다.

이제 겨울이 오면

나무들은 가슴을 닫아 잠글 것이다.

새벽 거리에

얼어죽은 시신도

한 두서너 다섯 있으면 어쩔 셈인가.

세상은 아름다움뿐인가 저질러진 아름다움의 고통뿐인
가?

……

그때 그 어지러운 절망감의 끝에서
왁자지껄한 시장바닥을
혓바닥 늘어뜨린 지친 개처럼 헤매다가
나는 보았다.
비에 젖고 있는 목공소
그 우람한 나무들을.
비에 젖어 축축한 몸으로 나무들은
하늘로 두 손을 뻗을 듯
가자가 생기고
거친 껍질 속까지 물기가 배며
모가지가 생기고 축축한 머리칼이 생기고

나무들은 다시 살아났는데
뿌리 내리고 살던 산언덕을
혼신의 힘으로 기억했을까.
그 우람한 낙락장송 수풀 속으로
독립군들의 군가 소리가 들려왔다.
햇살은 부채살로 흩어지고 찬란하게
떠오르는 태양.
밥 짓는 야영지 연기와 깃발이 펄럭여대며
나무들은 제각기 잎사귀를 흔들어댔다.

문득, 생각했다

　저 목공소 비에 젖고 있는 나무들이
　저토록 아름다운 것은
　우리가 저 나무들로
　무언가를 세워야 하기 때문이다

내가 말한다

그대 시퍼렇게 날선 식칼로 아름다움이여

두 손이 두 팔다리가 떨리는 이것은

못 견디게 덜덜덜 떨리는 이것은

이제 아름다움으로 우리가

누군가의 심장을 찔러야 하기 때문이다